JN224983

エリー
ガードルフ
ニーナ

アーヴル
ケンヤ

ホクト
初めて見る
異世界の街並みは、
まるで中世時代の
外国に来た気分になる。

新米魔女の異世界お気楽旅 1

～異世界に落ちた元アラフォー社畜は魔女の弟子を名乗り第二の人生を謳歌する～

Author 三毛猫みゃー
Illustrator ハレのちハレタ

第一話　魔女、旅立つ

「師匠、いってきます」

私は長年過ごした目の前の家に手を合わせて軽く頭を下げる。

「いたっ」

後ろから頭を叩かれた。頭を擦りながら振り向く。そこには金色の髪をしたエルフの女性が杖を片手に立っていた。

「死人との別れのような雰囲気を出すのじゃないよ」

「テヘッ」

また杖で叩かれた。

「そんなにぽんぽん頭を叩かないでくださいよ。馬鹿になったらどうするのですか」

「もう手遅れだからいいでしょう」

「酷い！」

いつもの私のボケにツッコミを入れてくれる師匠。

このやり取りも今日で終わりかと思うと少し寂しく思えてくる。

「はぁ、それで忘れ物はないかい？　ちゃんとハンカチは持った？」

「師匠は私のおかんですか。まあ似たようなものかもしれませんけど。大丈夫ですよ、全部まとめてここに入れていますから」

　私は肩から斜めに下げているポシェットをポンッと叩いてみせる。

「それよりも、私がいなくなっても大丈夫ですか？　掃除とかちゃんとできます？　ずっと引きこもってないでたまに日光浴をしてくださいね」

「ああ、もういいから。エリーが来るまでは一人でやっていたのだから大丈夫よ」

　エリーというのは私のことだ。本名は伊能英莉（いのうえり）、れっきとした日本人です。日本からこの異世界に落ちて約三百年。元々は超絶ブラックな制作会社で働いていたアラフォーのＯＬだった。

　下げたくない頭を下げ、パワハラ・セクハラは当たり前。サービス残業に眠るのは会社のデスクか仮眠室。そんな会社で生ける屍（しかばね）のような生活をしていた。

　いつ以来かわからないほど久しぶりに手に入れた休日当日。始発で最寄りの駅までたどり着いた。久しぶりに家で寝ることができるのだと、うつむいてふらふらと歩いていた。そして気がつけば森の中にいた。最初は夢なのかと思ったのだけど、いつまで経（た）っても覚めることはなかった。

　そうしているうちに、あまりの眠さに考えることを放棄してその場に座り込んだ。木々の隙間から降り注ぐぽかぽかの陽光。少し湿気を含んだ風。それが心地よすぎて、服が汚れるのも気にせずに寝転んだ。そしてそのまま意識を失うように眠ってしまった。

目を覚ました時には夜になっていて、辺りは真っ暗だった。

　ここはどこだろうかと改めて考えても答えは出ない。空腹を訴えてくるお腹を宥めながら、あてどなく月明かりを頼りに森をさまよい歩いた。そうしてたどり着いたのが師匠の家だった。

　藁にも縋る気持ちで扉をノックしたところ、出てきたのが師匠だった。

　私がさまよっていた森は、人里から離れた場所にある、通称、魔の森と呼ばれる場所だった。そんな場所で無事だったのは運良く師匠の張った結界の中に入り込んでいたおかげだった。仮に移動する方向が違っていれば、気がつかずに結界を抜けて今頃魔物の餌になっていただろうと聞かされた。

　師匠は私を家に招き入れ、食事を出してくれた。食事をしながら私の事情を話した。私がこの世界と違う世界からきたのかもしれないという話はすぐに信じてもらえた。理由は私がこの世界でも稀有なほどの膨大な魔力を持っていること。そしてこの世界の共通言語とは違う言葉を話しているからだった。師匠曰く、どうやら過去に私と同じ言語を話す人物、つまり異世界人と会ったことがあるのだとか。

　師匠に元の世界への帰り方を聞いてみたけど、わからないということだった。ただ、帰り方を聞いてみたものの、私自身はあまり帰りたいとは思えなかった。

　そんなわけで、特に目的もなく元の世界に帰る気もなかった私はこの世界で生きていくことに決めた。そして行く当てのない私を師匠は快く迎え入れてくれた。師匠の方も、私の魔力と異世界の知識に興味を持ったようだ。

そしていつしか私は師匠の弟子となり、気がつけば三百年の時が過ぎていた。

そんな私の姿はなんと、十七歳当時のままで美少女そのもの。大事なことなのでもう一度言っておきましょうか、十七歳の美少女です。三百年経っているのに若返っているのはなんで？　と思われるだろう。

答えは錬金術で作り出した賢者の石というものを飲み込んだ結果、こうなりました。ちなみに師匠はエルフという種族なので、見た目は二十代前半に見える。だけど中身は千年以上生きていて、正確な年齢は覚えていないらしい。

そんな師匠との生活は今日で終わる。そう、今この時、私はこの家から、そして魔の森から外へ出て旅を始めるのだ。

師匠のもとで様々な知識と技術を習得した私は、何者かから魔女と認定された。誰が何の目的で魔女を決めているのかはわからない。ふとした瞬間に（あっ、私は魔女になったのか）と理解していた。ちなみに師匠の時もそうだったらしい。

魔女といっても、時代や地域によって魔王に勇者、賢者や聖人などなど、呼ばれ方は変わる。たまたまこの時代の、私や師匠のような存在を何者かが魔女と定めているから魔女になるらしい。ちなみに、今の時代に魔女は私と師匠を含めて五人いるとか。

そして私は魔女となったことによって、今日ここから旅立つ。師匠を残して旅立つのは心苦しいけど仕方がない。

「エリー、あたかも望んで自ら旅に出るような言い方は違うのではないかしら？」

「師匠――、人の心の中を読むのはやめてほしいかな」

「別に読んでないわよ。口から出ていたからね」

「あ、あはは」

とりあえず笑って誤魔化(ごまか)しておこう。

「今のあなたは、無銘の魔女なのよ。このままここに留(とど)まってぐうたら過ごしていたら、ぐうたらの魔女なんて呼ばれるようになるわよ。それでもいいのなら好きにしたらいいと思うけど」

「いえ、はい、ごめんなさい。それは嫌なのでこうして旅立つわけでして」

私が旅に出る目的の一つは、称号といえばいいのだろうか？　そういったものを得るためである。

師匠は願いの魔女と呼ばれていて、他の魔女もそれぞれ何らかの称号を得ている。

その魔女が魔女になった後にどういった行動をしたか、何をなしたか、そしてその魔女を象徴するものから付けられるようだ。師匠の場合は、魔の森に引きこもる以前、旅をしていた時に、人々の願いを叶(かな)えていたことで得たものなのだとか。ちなみに無銘の魔女というのは、称号ではなくて、未(いま)だに称号を得ていない者という意味でそう呼ばれている。

私は、魔女になる過程で、魔術、魔法、錬金術、薬学などを、師匠がもう教えることはないと言うほどに習得してしまった。だからはっきり言ってやることがない。そんなわけで、やる気が起きずにここ最近ずっとぐうたらしていた。そんな折に師匠から魔女の称号について教えられ、何らかの称号を得るために旅立つことに決めた。しょうもない理由で旅に出ると思われるかもしれない。だけど流石の私も、ぐうたらの魔女とは呼ばれたくない。それに旅に出るのも悪くないと思っている。異世界の風景や食べ物に興味がないわけではない。

問題は、なんという称号を目指してどう行動するか。

「エリー……、称号は狙って得るものじゃないからね」

また声が漏れていたみたい。

「わかっていますから、そんな可哀想な子を見るような目で見ないでください」

まあ、どういう称号を得られるにしても、私は私らしく行動していこうと思う。

「それでは師匠、行ってきますね。数年分の食事は無尽箱に入れていますので食べてくださいね。偏食はだめですよ」

「それは助かるね、感謝するよ」

「師匠、ありがとうございます。そして今までお世話になりました」

師匠に向かって深く頭を下げる。師匠は無言で何も言ってくれないけど、鼻をすする音が聞こえたような気がした。頭を上げて師匠を見ると、瞳が潤んでいるように見えた。

私はそれには気がついていないふりをして、収納ポシェットから杖を取り出す。杖を手放し魔法で浮かすとそこに腰掛ける。

「それでは師匠、名残惜しいですけど行きますね。たまには帰ってくるつもりですけどお元気で」

「エリー、あなたもね。あなたの家はここなのだから、いつでも帰ってきなさい」

私は軽く地面を蹴りその勢いを利用して空へ舞い上がる。上空から師匠に向けて手を振り前へ進む。なんだか師匠の声が聞こえた気がするけど気のせいだと思いそのまま進む。暖かい日差しと気持ちいい風を受けながら私は空を飛ぶ。この世界に落ちておよそ三百年。

初めてこの魔の森から外へ出ることになる。せっかくなので異世界での旅を楽しもうと思う。

◆

「エリー、森の出口はそっちじゃないわよ！　ああ、行ってしまった」

あの子は本当にドジというかなんというか、最後まで手間のかかる弟子だね。

「ホクト、いらっしゃい」

「ホゥ」

こっそりと、旅立つエリーを見ていたのかホクトは呼ぶとすぐに飛んできた。ホクトはスターオウルというフクロウに似た魔物で、白い体毛と胸には星のような模様を持っている。

「ホクト、悪いのだけどエリーを森の外まで案内してあげてちょうだい。まあそうだね、落ち着くまでは見守ってあげてもいいわ」

「ホウホウ」

ホクトは仕方がないといったように、首を揺らしている。

「頼むよ。何ならあの子について行ってもいいわよ」

そう言うとホクトからはそれは嫌という感情が流れてきた。

「それとこれを渡しておくわ。必要そうならエリーに渡してあげなさい」

私は封筒を取り出してホクトに渡す。ホクトは器用に封筒を受け取ると、脚につけている収納の機能がついたリングに収納した。

「それじゃあ頼んだわよ」

「ホゥ」

ホクトはそう一鳴きすると空へと舞い上がりエリーの向かっていった方向へと羽ばたく。そのままホクトは自らの身体（からだ）に風を纏（まと）うと一気に加速し飛び去っていった。

なんだかんだと言っても、エリーと過ごした三百年は騒がしくも楽しかった。それを思うと、一人での生活が始まるのは寂しく思える。

「エリー、あなたならきっと乗り越えることができるわ。だから頑張りなさい」

私のつぶやきは、誰に届くこともなく消えていく。

「さてと、私の方も準備をしないとね」

そう呟（つぶや）いたところで、エリーが飛んでいった方向から騒がしい声が聞こえてきた。空を見上げていると、エリーとホクトが通過していくのが見えた。どうやらエリーは途中で向かう方角を間違えていたことに気がついて、追いかけていたホクトと合流できたようだ。エリーは私がまだ外にいることに気がついたのか、締まりのない笑顔を浮かべながら手を振って飛び去っていった。

「はぁ、あの子は……本当に大丈夫かしらね？」

一抹の不安を覚えながらも、飛んでいくエリーを見送ることしかできなかった。

◆

おかしい。

何がおかしいのかというと、既に師匠の家から飛び立って丸一日経つというのに森から出られないでいるからだ。最初に飛ぶ方向を間違えたのは大したロスになっていないので問題はない。

「ねーホクト、飛ぶ方向は合っているのよね？」

「ホゥホゥ」

杖に止まっているホクトからは、進む方向は合っていると返事があった。

ホクトがそう言うのなら、間違ってはいないだろう。だけどいい加減に代わり映えのしない森の上を飛び続けるのは飽きてきた。

「ホクト、あれってなんだと思う？」

進行方向から少し逸れた場所に何やら複数の建物らしきものが見えた。こんな魔の森の中に建物があることに違和感を覚えながらも、進路を変更してそちらへ向かうことにする。建物があるということは人が住んでいるのかもしれない。もし誰かがいるのなら向かっている街の情報が手に入るだろう。

そのまま進んでいくと、途中で森が途切れて草原が広がっているのが見えた。ようやく魔の森から出られそうだと気を抜きかけた時、遠くの方に何か大きな魔物の気配を感じた。そちらの方に顔を向けると、かなり離れている場所を一羽の鳥が飛んでいるのが見えた。

「死使鳥なんて珍しいね。ホクト、今日の晩ご飯は唐揚げだよ！」

見つけた魔物は死使鳥と呼ばれる魔物だ。死使鳥は魔力に敏感なので倒すには超長距離からの狙撃が有効。私は杖の上に立ち上がり、左腕を前に伸ばして人差し指を死使鳥へと向ける。右腕は弓の弦を引き絞るように引いて狙いを定める。死使鳥は魔力に敏感だけど、魔の森の上では特定の魔力を感じ取るのは難しい。

「穿て」

私はそう呪文を唱えると同時に、引き絞っていた右手を開くと小さな魔力の塊が矢の形へと形を変えながら飛んでいく。私は再び杖に腰掛けると、魔力の矢を追いかけ死使鳥へ向かって飛ぶ。

死使鳥に視線を向けると魔力の矢がちゃんと命中したようで、森へ向かって落ちていくのが目に入った。落ちていく死使鳥を追って速度を上げたところで、杖に止まっていたホクトが飛び上がり死使鳥に向かっていく。そしてホクトが死使鳥に接触すると、死使鳥の姿は消えていた。どうやら死使鳥はホクトの収納リングに収まったようだ。

「ホクトありがとう。晩ご飯は期待しておいてね」

「ホォホォホゥ」

ホクトは嬉しそうに鳴いて、再び杖に止まる。進路を改めて謎の建物群に合わせて飛ぶ。

唐揚げは確定として、他に何を作ろうかな？

死使鳥を回収するのに移動した距離を戻り、再び人工物へ向かって飛ぶ。

途中で森が途切れて、背丈の高い草原に変わる。

「おぉ、どうやら魔の森を抜けたようだね」

「ホゥ」

そしてそのまま進んでいると、建物たちの正体がかつては街だった廃墟なのがわかった。

「廃墟？　えっと目指していた街ってこれのことじゃないよね？」

「ホゥ」

「違うのね、それは良かった。えっとそれじゃあれはなにかわかる？」

「ホゥホゥ」

どうやらホクトも知らないようだ。日が暮れるまではまだ時間があるけど、もしかしたら屋根のある場所で寝られるかもしれない。

「ホクト、今日はあそこに泊まろうと思う」

「ホゥ」

ホクトも了承してくれたので、廃墟群に向かって飛ぶ。

「どの建物も結構ボロボロだね」

廃墟の近くまでたどり着いた。上空から見える街はそこそこの大きさだったことがうかがえる。人がいなくなってからどれくらいの年月が経っているのかわからないほど、ほとんどの建物が崩れていてまさに廃墟といった感じだ。

ただその中でも一軒だけまともな状態で残っている屋敷が目に入った。大きさからしてこの街の領主が住んでいたと思われる。敷地内にある庭は荒れていて草が伸び放題になっている。外壁(そとかべ)にも植物が絡みついていて緑に覆われているが、建物自体は屋根も含めて崩れていないように見える。

「あの屋敷が一番マシに見えるね。状態を見て休めそうなら今日はあそこを使わせてもらおっか」

「ホゥホゥ」

ホクトからはそれでいいという返事が返ってきた。

屋敷の敷地内へ降り立ち、杖を片手に持ちながら館の入口へ向かう。扉についているノッカーを叩いてみるが、何の反応も返ってこない。館の中からは何の気配も感じられない。そもそもこの廃墟全体から全く生きているものの気配が感じられないので当たり前のことなのだけど。

扉は施錠されていないようで、ハンドルを押すとギギギという音を鳴らして開いた。一応「こんにちはー、お邪魔します」と声をかけてから中に入る。館の中は明かり取りの窓の光と、扉を開けたことで流れ込んだ空気により舞った埃でキラキラと輝いて見える。ただ壁が所々崩れていて、そこかしこに壁材が散乱している。

「ホクト、この屋敷を調べて使えそうな部屋を探そう。せっかくだから屋根の下で寝たいからね」

「ホゥ」

杖に止まっているホクトと共に屋敷を一通り見て回る。一階は玄関ホール、食堂、台所、地下には空っぽの貯蔵庫。それから中身が空っぽの部屋と大きめの浴場があった。次に二階には執務室に書斎、複数の寝室、そして一階と同じように中身のない部屋。

書斎や執務室には本も何もなかったし、寝室にはベッドの骨組みが残されているだけだった。調度品の類もないし特に荒らされた形跡もない。そのことからここを放棄する時に一通り持ち出せる余裕があったことになる。私は一番まともそうな寝室の一つを借りて今日はそこに泊まることにする。

「さてと、今日はこの部屋に泊まるとして軽く掃除でもしようか」

まずは窓を開けて、魔法で風を起こし部屋の埃を外へ送り出す。風を軽く回転させて埃を集めるのが掃除のコツだ。続いて部屋全体にミストを発生させて壁や天井と足元の汚れを浮き上がらせ、汚れごとミストを集め一つの水球を作り出し外へ放る。私命名のお掃除魔法になる。これでこの部屋はピカピカになった。

続いて収納ポシェットから師匠の家から持ってきたベッドを取り出し設置する。元々あったベッドの骨組みは邪魔なので収納ポシェットに入れておく。解体したら薪として使えるだろう。

続いて愛用のお布団を取り出す。魔法で空中に浮かして温水魔法と乾燥魔法を使って、ふわっふわにしてからベッドに被せる。

「よし完璧だね。これで今日はぐっすり眠れるよ」

「ホウ」

ホクトが自分の寝床も用意しろと要求してきた。

「わかっているよ。ホクトの止まり木もちゃんと用意するから」

ちなみに温水魔法や乾燥魔法、そしてお掃除魔法は私のオリジナル魔法になる。どの魔法も作った当初は師匠に呆れられたけど、今となっては生活に欠かせない魔法になっている。師匠が言うには、魔法でそういうことをした人は初めてらしい。

さてと、寝る準備はできた。お次は晩ご飯を作りましょうか。材料は先ほど手に入れた死使鳥だ。少し庭をお借りして解体をしてしまおう。

◆

さあさ、お立ち会い。ここに取り出したるはとれたてほやほやの死使鳥となります。とホクト相手に言ってみたものの、全く反応してくれなかったので早々にやめて解体を始める。そのホクトは暇そうだったので、周りの様子を見に行ってもらっている。

死使鳥は全長が五メートルほどあるので、庭の木に逆さに吊るして血抜きをする。血抜きは豪快に首を一刀両断。既に心臓は止まっているので、ちょちょいと魔法を使って血を抜き出す。

頭は鶏冠だけ回収して、事前に掘っておいた穴へ抜き出した血液と一緒にぽいっと放る。

死使鳥の見た目は真っ黒い鶏の姿をしている。こいつの鶏冠は使い道があるので回収した。

血抜きのできた死使鳥を、あらかじめ沸かしておいたお湯へとドボンと放り込む。六十五度ほどの温度で大体一分待つ。死使鳥を入れた鍋は錬金鍋と呼ばれる魔道具で、大きさを自在に変えることができるものになっている。なので、大きい死使鳥も全身を入れることができるというわけだ。

続いてお湯から引き上げた死使鳥の毛を丁寧に毟っていく。死使鳥はまだ熱いので両手に魔力を纏わせる。魔力を纏わせることで熱なども遮断できるので便利な技だ。丁寧に毛を毟り、それをひとまとめにして収納ポシェットに入れる。死使鳥の羽は何に使うのかというと、羽毛布団や枕に加工するつもりでいる。この死使鳥の布団や枕を使って眠ると、まるで死んだようにぐっすりと眠れる効果がある。死使鳥という名前に偽りなしといったところだろうか。

毛を抜き終わった後は、細かい毛を焼くように火で軽く炙る。そこまで終われば解体して部位ごとにまとめて収納する。死使鳥は魔物なので、体内の魔石は洗ってこちらも収納に入れる。

さて、今回使うのはもも肉。一口サイズにカットして、調味料の代わりに毒草や毒キノコから抽出した液体に漬け込む。何度かひっくり返して味をなじませる。

なぜ真っ当な調味料を使わないのかというと、魔の森ではその真っ当な調味料が手に入らないからだ。手に入らないが故に、代用品を探し続けた。そして私は長い年月をかけ、研究に研究を重ねた末、なんとかそれっぽいものを作り出すことに成功した。人体にほとんど影響のない毒草と毒キノコを使った調味料……っぽいものを作り出したのだ。

醤油がほしい、みりんがほしい、お砂糖に塩がほしい、なんなら味噌もほしい。旅の目的の一つにこれらの真っ当な調味料を獲得することも心のメモに加えておくことにする。

さてと、十分に液体が染み込んだもも肉を取り出す。お次は片栗粉……と似た効果があるものを使う。効果が片栗粉と似ているので、私は片栗粉もどきと呼んでいる。原料はホワイトスライムという真っ白なスライム。それを乾燥させて粉末状に砕いたものになる。

もも肉を片栗粉もどきに放り込んで混ぜ混ぜ。それが終われば熱々の油にささっと入れて、四分ほど様子を見てから一度取り出して休ませる。タイミングを見てからもう一度、油に入れて二分ほどで取り出して完成。

この作業をもも肉がなくなるまで繰り返す。油は使い捨てなので作れる時に作ってしまうことにしている。収納に入れておけば、いつでも出来立てのものが食べられるのでできることだ。

ちなみにこの油は魔の森では珍しく植物性のものになる。ただし、元になったものはツリートレントという魔物だ。こちらの油も試行錯誤の末完成に至った。

「はぁ、美味しそう。毎回思うけどお米がないのが残念」

残念なことに魔の森ではお米を見つけることができなかった。旅の目的の一つにお米を見つけることも追加しておくことにする。いや、むしろお米探しがメインでもいいかもしれない。

最後に揚げた一つをつまみ食い。外はパリッと中はジューシーで我ながら美味しくできたと思う。出来上がった唐揚げは、今から食べる分だけを残して全て収納ポシェットに入れておく。収納しておけば次に取り出しても収納した直前の状態で食べることができる。

お皿を二つ用意して唐揚げを並べてお野菜の代わりにハーブと薬草を添える。

「ホクト、ご飯できたよー」

料理中は近くにいなかったので呼んでみる。暫く待っているとホクトがバサバサと飛んできた。

「どこまで行っていたの？」

「ホゥ」

「あーそうなのね、街から出る時にでも埋めておこうか」

「ホゥ」

どうやらこの廃墟の近くに魔物の巣というか、集落を見つけたらしい。とりあえず明日、この街を出る時にでも埋めておこうと思う。

「とりあえずご飯食べちゃおうか」

私は収納ポシェットから木製のコップと小皿を取り出す。コップには、唐揚げに合うハーブティーを入れて、小皿にはホクトのために水を入れる。

「いただきます」

「ホゥホゥ」

まだアツアツの唐揚げを一口かじる。

「あー美味しい」

「ホゥ」

最初によそっていた唐揚げがなくなったので、収納ポシェットから追加を取り出しお皿に適当に並べる。

「ねえホクト、ちょっと気になっていたのだけど……。ホクトってトリ肉を食べても共食いにならないのかな？」

「ホッホゥ」

「痛っ、痛いから突かないで。同じ種族じゃないから共食いにならないのはわかったから」

どうやら梟じゃなければ共食いにならないようだ。人が同じ哺乳類の牛や豚を食べても共食いにならないのと同じらしい。明日の朝食で食べる分以外食べきった。

「はぁお腹いっぱい、なんだか久しぶりに思いっきり食べた気がするわ」

「ホゥ」

ホクトも満足なようだ。食事を終えて食器などを片付ける。

「火の始末よし、忘れ物はなし、それじゃあ次はお風呂に入ろうか」

「ホウホウ」

ということで、お次はお風呂に入ることにする。先ほど屋敷を回った時に、立派なお風呂を発見していたので入りたい。早速ホクトと共にお風呂に移動して浴場に入る。浴場は長年放置されていたためか、浴室と浴槽に黒いカビのようなものがこびりついていた。掃除をしてまでこのお風呂場を使おうか正直迷ったけど、三百年振りに出会った大きなお風呂という誘惑には勝てなかった。

先ほど部屋を掃除する時に使ったお掃除魔法と、驚きの洗浄力を発揮する洗剤を使い浴場全体を浴槽も含めてピカピカに洗い上げる。

「おっふろーおっふろーふふんふー♪」

泳げるくらいに大きなお風呂だと思うと気分はるんるんだ。

ポシェットから拳大の魔石を取り出して、備え付けられている設置台へとセットする。魔石に指でお湯を出す魔文字を書いてから魔石に魔力を注ぐ。効果はすぐに表れて設置台の横から勢いよくお湯が浴槽へと流れ込んでいく。

この屋敷の持ち主はお風呂に並々ならぬこだわりがあったのがわかる。この浴場だけは床から天井に至るまで、いい素材を使っているようだ。私には建築素材の良し悪しはわからないのだけど、他の部屋とは違いこの浴場だけは崩れている場所などは見受けられなかった。

おっとお湯が溜まって溢れ出し始めている。完全にかけ流しとか贅沢だねー。

「さてと、ホクト入ろっか」

「ホゥホゥ」

ホクトはお風呂が好きだったりする。といっても熱いのは苦手でぬるま湯なのだけど。私はポシェットから必要なものを取り出してから、衣服を全部脱ぎ散らかしてお風呂へ飛び込む。マナーとしてはかけ湯をした方がいいのだろうけど、どうせ使うのは一人だしいいでしょう。

ホクトのために先ほど出しておいた桶(おけ)に温度を調整してお湯を入れる。

「ホクト、用意できたよ」

「ホゥホゥ」

ホクトは嬉しそうに鳴くと桶に入って毛づくろいを始める。そんなホクトを横目に見ながら、私は脱ぎ散らかした衣服を少量の石鹸(せっけん)と一緒に洗濯魔法を使いじゃぶじゃぶ洗う。洗濯魔法を全自動で使いながら、私はまず洗髪液で髪を洗う。続いて石鹸を泡立たせて体を撫(な)でるように丁寧に洗っていく。その間わざわざ浴槽からは出ない。使うのは私一人な上に、お湯はかけ流しなので問題ないでしょう。頭の天辺(てっぺん)から足の指先まで洗い終わったところで、お湯に潜り泡を全部洗い流す。

そのまま潜水して離れた場所から顔を出す。

「ぷはー」

そのまま体の力を抜いてお湯に身を委ねる。

「やっぱりお風呂は大きい方がいいわね。人里に着いたら大きいお風呂のある宿に泊まりたいね。

なんならもう旅をやめてここに住もうかな」

「ホウホウ」

「冗談だからね」

「ホウ」

流石に大きいお風呂があるだけの場所で暮らすつもりはない。こんな誰もいない廃墟で暮らすくらいなら師匠の所へ戻った方がマシだろう。建物全体もいつ崩れてもおかしくないほど老朽化が進んでいるので、あまり長居はしたくない。

暫くお風呂を堪能した後、魔法で髪と体を乾かす。全自動での洗濯が終わった衣服を乾燥させているうちに、ポシェットから代わりの衣服を取り出して着用する。

寝間着は純白のネグリジェだ。素材はシルクスパイダーと呼ばれる魔物の糸で作ったものになる。肌触りもよくて、暑い時は涼しく寒い時は暖かくなるように魔術を施している。

「ホウ」

「見せる相手もいないのに、そんなのを着てどうするのって？　べ、別に誰かに見せるために着ているわけじゃないからね」

「ホォウ」

「もう、別にいいでしょ。それに見せる人なんて必要ないから！」

ホクトの呆れたような鳴き声につい反論してしまった。いや、本当にそういう人はいないし、いらないから。嘘じゃないから。

◆

「さてと、そろそろ行こうか」

「ホゥ」

そして日が昇る前に起き出し食事を済ませた後に、廃墟を探索し色々と情報収集を済ませた。

成果としてわかったことがいくつかある。

まずは、この廃墟となった街から人がいなくなって二百年以上は経っているということ。

魔物に襲撃されて逃げ出したわけではないこと。疫病や伝染病などの病気で滅んだわけではないことがわかった。わかったのはそれだけで、何があって街を捨てたのかまではわからなかった。

他にわかったことといえば、私の泊まった屋敷が領主の屋敷だったことと、冒険者ギルドというものの存在があったということだろうか。目星をつけていた建物の一つに、剣と盾が描かれた看板のある建物を見つけた。他の建物よりも頑丈に作られていたようでほとんどが崩れずに残っていた。

ギルドの中には持ち出されなかった書類や依頼票などがけっこう残されていた。ただほとんどが経年劣化で読める状態ではなかった。残っていた資料で読めるものの中に、今の私に一番必要なものがあった。それが何かというと地図だ。といっても子どもの落書きのようなもので、この街を中心に描かれていた。地図には、次の街へ続く街道や周辺にある村の大体の位置が書かれていて、この後どの方向へ進めばいいか知ることができた。

「さてと、お風呂は名残惜しいけどそろそろ行こうか」

「ホォホォ」

杖に腰を掛け空へ上がる。上空から改めて街全体を見てみると、どうやら街には薄く魔物除けの結界が張ってあるのに気がついた。あまりにも薄すぎてわからなかったけど、この結界のおかげで街は魔物に荒らされていなかったということだろう。

「ホゥ」

「そうだったね。埋めに行こうか」

ホクトに指摘されて、魔物の集落を埋めに行くことを思い出した。

ホクトに案内してもらい、魔物の集落へと向かう。集落が見える位置まで近づいた所で魔法を使い集落を埋める。集落にいたのはゴブリンと呼ばれる魔物だ。ホクトが見つけたゴブリンの集落は五つあり、その全部を問答無用で生き埋めにして回る。ヤツらに慈悲は必要ない。

なぜ埋めたのか、魔石はいいのかって話だけど。ヤツらだけはだめだ。まず素材になる箇所がないし臭いのだ。豚鼻をしたオークと呼ばれる魔物でさえも水浴びなどをして身ぎれいにしている。だというのにゴブリンという魔物は全くその辺りに頓着しないのか汚らしい。

そんな存在は滅ぼすに限る。魔石がもったいない？　確かにゴブリンキングやナイトっぽい上位種と言われるものもいたような気がするけど、ヤツらを解体するのは嫌だ。何度でもいうけどヤツらは臭い。もしかしてあの廃墟の街から人がいなくなった理由って、ゴブリンの臭いに耐えかねたのかもしれない。うん、きっとそうだ。そうに違いない。

ちなみに埋めるというのはそのままの意味です。まずは集落を囲むように魔法で壁を作ります。次にその壁を内側に倒すだけの簡単な作業になります。念のため、倒した壁を固めておけば完璧だ。

この周辺にあったゴブリンの集落を全部埋めたあと、地図を頼りに飛んでいく。木の密度は魔の森ほどではないので、動物や獣型の魔物がいるのが見える。時々地上を見て街道を探すが今のところそれらしいものは見当たらない。

ぽかぽか陽気のおかげでなんだか眠たくなってくる。たまに地図と方角を確認しながら飛んでいると、やっと街道を見つけることができた。街道は南北に伸びているようで、地図によれば南の方に向かえば街があるようだ。逆に北には街道が続いているだけで街などは表記されていない。

「南に向かえば街があるようだし、街を目指してみるかな。そこも廃墟になっていなければいいのだけど」

「ホゥホゥ」

「言われてみればそうだね」

ホクトに言われて街道をよく見てみると、馬車が通ったことを示す轍（わだち）が見て取れた。つまりは最近馬車が通ったということになり、馬車の向かった先には街があるということになる。

早速街道に沿って南下する。暫く進むと街道脇にちょっとした広場があるのを見つけた。少し気になったので広場に下りてみると、焚き火の跡や簡易な竈がそのまま残されていた。どうやらここは行商人や旅人が休憩所として使う場所のようだ。

ここにこういうものがあるということは、このまま進めば徒歩で一日くらいの場所に街があるのかもしれない。空を見上げると、太陽の位置的に今から向かっても夜になる可能性もある。そんなわけで無理して進まずに今日はここで一晩明かすことにする。

収納ポシェットから廃墟の屋敷で回収したベッドの骨組みを取り出して解体する。解体したベッドの一部を使って火をおこして焚き火をつくる。残った木材は一部を残して収納しておく。

食事は昨日の唐揚げにハーブと薬草を巻いたものを食べる。ホクトには唐揚げだけを出す。パンでもあれば挟んで食べるのだけど、ないものは仕方がない。食事を終えてごろりとその場に寝転ぶ。日が暮れた空には星がまたたいている。

「お風呂は……、今日はいいか」

人や魔物の気配は感じないけど、流石にこんな場所でお風呂を作って入るのはないよね。代わりに浄化魔法を服と全身に掛けて、汗や汚れを落としておく。

「ふあぁ～。眠くなってきたね」

「ホゥホゥ」

「そうだね、寝ちゃおうか」

焚き火を消してから、広場の見える暗がりへ移動する。念のために結界を張ってから寝ることにする。結界を張っておけば、雨風を防げるので便利だ。

「ホクト、お休みなさい」

「ホォ」

ホクトの返事を聞いて、目を閉じ私はすぐに意識を手放し眠りについた。

◆

「ん〜」

目を覚ますと辺りはまだ薄暗くて朝靄(あさもや)が周りを包んでいる。被っていたフードを上げると朝の冷たい空気で一気に目が覚める気がした。周囲に人の気配も魔物の気配も動物の気配もない。

結界も特に変化はなく健在だったので解除しておく。軽くストレッチをしながら収納ポシェットからテーブルと椅子を取り出す。

「ホクト、おはよう」

「ホゥホゥ」

テーブルの上に木製のタライと木製のコップを用意して、そこに魔法で水を入れて顔を洗い歯磨きを済ませる。

「朝はなにがいいかな」

「ホゥ」

「まずはお水ね、少し待ってね」

ホクト用のお皿を取り出してそこに水を入れるとホクトが飲み始める。

さて朝ご飯はどうしようかな？　朝から唐揚げもね。流石に連続で唐揚げは飽きる。

「確かオーク肉で作ったベーコンがあったはずだから、それでいいかな」

昨日寝る前に消した焚き火跡を利用して、再び焚き火を作る。収納ポシェットからベーコンの塊を取り出して薄く二枚スライスする。一枚をホクトに、もう一枚を焚き火で軽く炙ってからハーブに載せておく。

飲み物は乾燥させた花を入れたティーバッグを使う。先ほど歯磨きに使った木製のコップに入れて、魔法でお湯を注ぐと辺りに花のいい香りが広がる。

「ん？　ホクトも飲むの？」

「ホゥホゥ」

水の入ったお皿の水を一度捨ててから、ティーバッグを置いて魔法でぬるめのお湯を入れる。

「少し熱いかもしれないから気をつけてね」

「ホゥ」

ティーバッグは再利用できるので取り出してから魔法で乾燥させる。乾燥させた茶葉やティーバッグを入れている専用の箱に入れてから収納ポシェットに入れる。

「それでは、いただきます」

お茶を一口含んで香りを味わう。先ほど作ったオーク肉のハーブ包みをかじる。オーク肉の甘い脂とハーブの辛味がいい感じに合わさって美味しい。最後にお茶で口の中をさっぱりさせて、ぬるめのお湯でうがいだけして片付けを済ませる。

「ごちそうさまでした」

「ホッホゥ」

忘れ物がないようにチェックをしながら、机など全て収納ポシェットに入れる。最後に焚き火を消しておく。

「火の始末もしたし、忘れ物は特にないよね、それじゃあ行こうか」

杖に腰掛けて空へ上がる。街道に沿って進んでいくと日が昇り気温が上がってくる。

おっとオーク発見。一匹しかいないところを見るとはぐれかな？

「あそこに一匹だけオークがいるから一狩りしてくるね。街道からも近いし解体したらお肉にもなるからね」

「ホォホォ」

ホクトが杖から飛び立ち離れるのを確認してから魔術を準備する。

「切り裂け」

軽く腕を横に振って風の刃を飛ばす。オークがなにかを感じたのかこちらを振り向いた。ただ、風の刃はそのままオークの首元を通り過ぎ地面を少し切り裂いた所で消え去る。

オークの方はというと、首と胴体が分かれて地面に倒れ伏している。そのまま近づきオークに触れて収納ポシェットに放り込む。体に古傷がいっぱいあったからあまり買い取りには期待できないかな？　持っていた武器も一応回収したけどボロボロだったしこっちも期待薄だろう。

「おまたせ、それじゃあ行こうか」

「ホゥ」

それから暫く進み、そろそろお昼かなというところで、森が途切れて草原に変わった。そして草原の先には街らしきものが見えてくる。きっとあそこが師匠の家から一番近い街なのだろう。

第二話　魔女、冒険者になる

「ここからは念のため歩いていった方がいいよね？」

「ホゥホゥホォ」

どうやら空を飛んでいけば問答無用で攻撃されても文句は言えないらしい。大体の街には魔物用として結界が張られていて空からは侵入できないようになっているようだ。この場所からだと大体三十分ほど歩けば到着できるかな？

杖（つえ）を肩に掛けて街道を進む。ホクトは杖に止まっている。照りつける太陽の光はフードを被（かぶ）っているので感じられない。私の着ているローブは熱くもなく寒くもないちょうどいい温度を保ってくれる。遠目に見えていた城壁がどんどん近づいてくる。街道を歩く人の姿は見かけない。あまりこの街道を使う人はいないのだろうか？　そういえば街道に出てからも人の姿は見かけなかった。

上空から見ただけだと結構近そうに見えたけど、平地ではないので歩きだと意外と時間がかかった。遠目からでもわかっていたけど、結構大きい外壁に囲まれた街のようだ。門番の兵士が二人いて暇そうにしている。時間によるものなのかわからないけど、人の出入りは少ないのかもしれない。

近づいてくる私にも特に警戒するような感じはない。一応被っていたフードを外して顔を出して入口に近づいていく。二人のうち見た目が五十歳くらいの人が声をかけてきた。ちなみにもう一人は二十歳くらいに見える。

「お嬢さん初めて見る顔だけど一人で北の街道を通ってきたのかい？」

使われている言語は共通語みたいだ。

「はい、北の方から来ました」

そう言ってあっちから来たというように、北の方に続く街道に視線を向ける。私に声をかけてくれた兵士の表情が少ししかめられている。

「あの、ここはなんという街になりますか？」

「ここかい？　ここはドレスレーナ王国のダーナという街だ」

どうやら事前に師匠から聞いていた街で間違いはないようだ。

「街に入るのなら身分がわかるものがあればいいけど持っているかな？　もしくは商人ギルドのギルドカードがあれば入場税は必要ないけど、その様子だとどれも持っていないようだね」

まあわかりきっていたことだけど、そんなもの持ち合わせていない。

「すいません、どれも持っていないです。私の暮らしていた場所にはそういう組合？　ギルド？　そのようなものがなくて」

「まあそうだろうな、北の方から来たってことはどこかの開拓村か、もしくは隣の国からだろうしなくても不思議じゃないか」

開拓村に、北の国ね。確か北の国は何十年も前に大国が分裂して、小国家が乱立するようになったと聞いた覚えがある。つまりあの街道を北へ向かっていたら開拓村かどこかの小国家にたどり着いていたことになるようだ。

「ちなみに身分証がない場合は街に入れないのですか？」

「いや、そんなことはないが、入場税として銅貨が五枚かかる。身分証がないならそれが銅貨八枚になるな」

「その入場税は魔石でどうにかなりますか？」

今更ながら師匠から貰った硬貨が使えるのかわからない。そんなものをぶっつけ本番で兵士に見せるのはだめな気がする。そういうことで魔石を提示してみることにした。魔石ならどんな寒村に暮らしている人でも手に入れることができるので、私が持っていてもおかしくないはずだ。収納ポシェットから小粒の魔石を取り出して兵士に見せる。

「魔石だけ持ち出したってところか」

私の手の上の魔石を見て、若い方の兵士が苦々しい表情を浮かべている。持ち出したという言い方から察するに、村から逃げ出してきたと思われているのかもしれない。それにしても、二人の私に対する対応がどうも子どもに対するものに思える。

そこでふと思い出した。私の着ているローブだけど、これには認識阻害に似た効果が付けられている。効果としては、このローブを見た人の認識が、その人の見たいと思うものになるというものだ。きっと今回の場合は、私が開拓村から逃げ出してきたと思い込んで、薄汚れたローブを羽織っているように見えているのだろう。

そう考えると、どこかの村から逃げ出してきた子どもに対するような対応も納得ができる。そして今更ながらこのローブは失敗作だということに気がついた。なぜかというと相手がどういう風に見えているのか、私自身がわからないということだ。時間ができたらその辺りを考えて改良してみようと思う。

「その魔石を換金したら十分足りるだろう。ギースは冒険者ギルドまでこの子についていってあげな。冒険者カードならすぐに作れるだろうから、それの発行と魔石の換金、換金した代金から入場税の銅貨八枚を受け取ってきてくれ」

「了解でありますジョシュ兵長殿」

ギースと呼ばれた若い兵士が軽く敬礼をして、私に街に入るように促してくる。

「わしはジョシュだ、北門の兵長をしている。何か困ったことがあれば非番の時以外はここにいるから尋ねてくるといい」

「私はエリーです。この子はホクトといいます。何かあればその時はお願いします」

「俺はギースだ、よろしくなエリー」

「はいギースさんですね。よろしくお願いします」

「それじゃあついてきてくれ、冒険者ギルドまで案内する」

前を行くギースに続いて街へ入る。廃墟の街とは違って、当たり前だけど人が歩いている。初めて見る異世界の街並みは、まるで中世の外国に来た気分になる。

「ギースさん、この街ってどういう街なのか聞いてもいいですか？　こういう大きな街って初めてなので」

ギルドまでの道すがら、色々と聞いてみることにする。

「いいぞ、何が聞きたい？」

「何が、というのはないのですけど」

「あー、そうだな。それじゃあまずはここからも見える正面の建物。あれはここダーナのご領主さまが住んでいる城だな」

正面を向くと、確かに他よりも高い建物の屋根が見えた。

「まずはあの城が町の中央にある。その城を囲むように城壁が建てられていて城壁に沿うように各ギルドがあるな」

ギースの話を聞きながら石畳の道を歩く。道幅は馬車が四台並んで通れそうなほど広い。街の入口辺りは人があまりいなかったけど、中心に進むにつれて道を歩いている人が増えてくる。

「今から行く冒険者ギルドはこちら側、つまり北区にある」

そのまま進んでいくと、道の左右に露店が並び始める。露店には、地面に敷かれた敷物の上に野菜や、よくわからないアクセサリーなどが並べられている。値段などが書かれていないことから、交渉して購入する感じだろうか。更に中央に近づくと並んでいる店が露店から屋台に代わり、屋台からはお肉の脂が焼ける匂いなどが漂ってくる。

「なんだか人もお店もいっぱいで、お祭りみたいですね」

「はは、ここじゃあこれが普通だな。こういった露店や屋台があるのは北区だけだ。冒険者や職人を相手に商売をしている感じだな」

「そうなのですね」

いい匂いが漂ってきて、お腹(なか)が空腹を訴えてくる。何の肉を焼いているかすごく気になる。

「あー、すまんな。勤務中じゃなければ串焼きの一本くらいは奢(おご)ってやるのだが」

「いえ、気にしないでください」

「ホゥホゥ」

「もう、ホクトには後で買ってあげるから、まずは先に用事を済ませましょう」

露店と屋台のある区間を抜けると大きな広場に出た。広場の向こう側には大きな建物があり、剣と盾が交差するように描かれた看板が下げられている。あれが冒険者ギルドなのだろう。

その冒険者ギルドの背後には大きな城壁があり、その奥には城の屋根が見える。

「あれが冒険者ギルドだ。今の時間は、ほとんどの冒険者が出払っているだろうからちょうどいいだろう」

ギースを先頭に、開きっぱなしになっている入口をくぐる。

中に入ると正面に受付があり、二人の女性の姿が見える。ギルドの造りは、あの廃墟にあったギルドと同じ間取りのようだ。先ほどギースが言ったようにほとんどの冒険者は出払っているようで、数人それっぽい格好をした人がいるくらいだ。

右側には酒場が併設されているようで、お酒の絵が描かれた看板がある。左を見ると大きな掲示板のようなものがあり、掲示板いっぱいに紙が貼られている。あれはきっと冒険者が受ける依頼が貼られている掲示板なのだろう。

ギースはまっすぐに受付に進んでいく。私もその後に続く。

「ミランダさん、少し頼みたいことがあります」

「あらギースじゃないの、隣の子は彼女？」

「からかわないでください。いつものように魔石だけ持って北の方から逃げ出してきたみたいで。そういうわけで魔石の換金をお願いします。入場税はそこから受け取ることになっているので」

ミランダと呼ばれた女性は、少し目元がきつそうに見える二十代半ばの女性だった。そんな彼女の私を見る目はどこか慈しむようなものに見えた。ここでもローブの認識による弊害が出てしまっているようだ。これは早いうちにどうにかしないと後々困る気がする。

「私はミランダよ。よろしくね」

「私はエリーです。こっちはホクトといいます。よろしくお願いしますミランダさん」

「早速だけど魔石を出してもらえるかしら？」

「はい、こちらになります」

私は収納ポシェットから一掴(ひとつか)みの魔石を取り出して、カウンターの上に置かれているトレイに載せる。ミランダは魔石が載ったトレイを手に持ち「少し待っていてね」と言って奥へ下がっていった。少し手持ち無沙汰になった私の横ではギースともう一人の受付の女性が話をしている。

「ようサーラ」

「ギースはサボり？」

「ちげーよ、今のやり取りを見ていてどうしてそうなる」

「冗談よ。えっとエリーでいいのかしら？」

「はい、はじめましてエリーといいます。この子はホクトです」

「私はサーララ、このギルドで受付をしているわ。みんなからはサーラと呼ばれているから、エリーもそう呼んでくれていいわ」

「よろしくお願いしますサーラさん」

「エリーにホクトね。よろしく」

「ホゥ」

サーララの見た目は二十代前半くらいで、髪はショートカットにしていて気が強そうに感じる。ギースとサーラは顔見知りのようでずいぶんと仲がいいように見える。そんなサーラとの自己紹介を終えたところでミランダが戻ってきた。

「お待たせ。魔石は全部で銀貨五枚になったわ。そこから入場税を払うようだから、一部を銅貨にしておいたから確認してね」

銀貨一枚は銅貨十枚と等価なので、トレイの上には銀貨が三枚と銅貨が二十枚載っているようだ。ちなみに師匠からもらった硬貨と同じだったので、無事そっちも使えるらしい。その中から銅貨を八枚手に取りギースに手渡す。

「ギースさん、ここまで案内ありがとうございました」

「おう、お前も頑張れよ。それではミランダさん、俺は戻ります。サーラもまたな」

ギースはそう言うと駆け足でギルドから出ていった。それを見送り、続いてギルドカードを作るにはどうしたらいいかと聞こうとして、ホクト経由で師匠から受け取った封筒のことを思い出した。中身はある人物から師匠に宛てられた紹介状になっている。

「エリーは冒険者カードを作るってことでいいのよね？」

「あ、はい、そうですね。えっとその前にこちらの紹介状を見てもらえませんか？」

収納から封筒を取り出してミランダに手渡す。ミランダは封筒を受け取ると裏返し、そこに書かれている差出人の名前と、一度開けられたため割れている封蝋（ふうろう）を見て驚きの表情を浮かべる。ちなみに封蝋印は、剣と盾が交差しているものになっていて、冒険者ギルドから発行されたことを示している。

「エリー、これはどこで？」

「私の師匠から受け取ったものになります」

「中身を確認しても？」

「ええ、大丈夫ですよ」

一度確認のために中身を見たが、封筒の中には一枚のカードが入っているだけだった。そのカードにはこれを持ち込んだものがギルドに来た場合、ギルドマスターまで連絡するようにという内容と、差出人の署名が書かれていた。

「エリー、あなたは……。少し待っていて。ギルドマスターに確認してくるから」

「わかりました」

一瞬何かを言いたそうにしたミランダだったが、まずはギルドマスターに確認をするのが先と思ったのか、急ぎ足でカウンターの奥へ走っていった。なんとなく何を聞きたかったのかはわかる。きっと私の本当の素性やギルドマスターとの関係、そして封筒の送り先である師匠との関係などを聞きたかったのだろう。それに封筒を見る前と後の視線の動きから、私のローブの見え方が変わったのに気がついたようにも見えた。やっぱりこのローブは問題ありのようだ。

暫く待っていると、ミランダが受付の奥から戻ってきた。

「おまたせエリー、ギルドマスターから案内をするように言われたわ。そこから中に入ってついてきてちょうだい」

「わかりました。案内よろしくお願いします」

受付の中に招き入れられ、ミランダの後についていく。奥には階段があり、二階に上がり廊下を進むと一番奥の部屋に案内された。ミランダが扉をノックして中に声をかける。

「ギルドマスター、お連れしました」

「入ってもらってください」

「はい」

ミランダは扉を開いて私に入るように促す。私はミランダに軽く頭を下げてから部屋の中に入る。部屋の一番奥には大きな執務机。その前にはテーブルが一つ。テーブルの左右にはソファーが一つずつあった。壁際には本棚があり、びっしりと書物が入れられている。

「ミランダ、案内ありがとうございます。お茶などは必要ありませんので業務に戻ってください」

「かしこまりました、それでは失礼いたします」

ミランダが部屋から出ていき、足音が遠ざかっていく。足音が聞こえなくなったのを確認してから、ギルドマスターから声をかけられる前にソファーに座る。そんな私を見て、眉間を寄せて困り顔を浮かべたギルドマスターが「まったく、あなたは何をやっているのですか……」と言いながら私の正面に座った。

新緑のような緑色の髪。エルフ特有の長い耳。苦笑を浮かべる表情は今も昔も変わりない。見た目は二十代後半の好青年といったところだろうか。最後に見たのは百年ほど前だったと思うけど、どうやらお互いにあの頃と見た目は変わっていないようだ。

「アーヴル、久しぶりだね。元気そうで何よりだよ」

「エリーさんもずいぶんとお元気なようで。突然こんな所までやって来てどうしたのですか？　とうとうお師匠さまに追い出されましたか？」

「違うわよ。そう、あれよ、勤労意欲に目覚めたのよ」

「嘘ですね。それで本当のところは？」

速攻で否定された。まあアーヴルになら話してもいいか。私とアーヴルは兄弟弟子の間柄になる。ちなみに私が姉弟子で、アーヴルが弟弟子になる。

「そう、それは聞くも涙、語るも涙な話になるのだけど」

そう前置きをして、師匠の家を出るきっかけから、このギルドにたどり着くまでを話した。アーヴルの表情が終始困り顔だったのはいつものことだ。

「まあ、そういうことだから、暫くこの街でお世話になるつもりよ」

「頭の中を整理するので少し待ってください」

アーヴルはなぜか額を押さえて難しい表情を浮かべている。

「エリーさんがお師匠さまと同じ魔女に……。何が起きて……。この世の終わり？」

ところどころよく聞こえないけど、何か酷いことを言われている気がする。暫くぶつぶつと呟いていたけど考えがまとまったのかこちらに向き直る。

「それにしても、よくそのようなくだらない理由で師匠の所を出ようと思いましたね」

「くだらないって言うけど、ぐうたらの魔女って流石に嫌よ」

「まあ、旅に出た理由はわかりました。それでこの後はどうするつもりですか？」

「いくつかやりたいことやほしいものはあるけど、とりあえず冒険者になってみようかと思っているわ。旅を続けるにはお金はいくらあってもいいからね」

「それがいいでしょうね。後はそうですね。私とエリーさんの関係を聞かれた時は、私の古い知り合いの娘ということにでもしておきましょうか」

「それでいいよ。流石に本当の関係を言うわけにもいかないからね」

「それもありますが、一応この街では魔女であることは隠しておいてください」

「どうして？　まあ、そもそも言いふらす気はないけど」

「理由としては、お師匠さまを目当てにこの街へ来た者が多いからですね」

「そういうことね」

師匠の家まで一番近いこの街までたどり着いたはいいけど、魔の森を越えることができなくて諦めた人がいるのだろう。師匠の家にたどり着ければ、何でも一つ願いが叶うなんて噂がある。実際は少し違うのだけど、願いの魔女という称号が噂に拍車をかけているのだろう。そのため私が魔女だと知られると、師匠と混同されて面倒なことになりそうだ。

「んー、そうだね。もしどうしても名乗らないといけない事態になったら、魔の森の魔女の弟子とでも名乗ることにするよ。師匠の弟子であることには変わりがないからね」

「そもそもそういう事態にならないように心がけてください」

「善処はするよ。約束はできないけどね」

何かあってどうしても素性を話さないといけない場合は、魔女の弟子と名乗るということで話はまとまった。

「話はこんなところでしょうか。なにか聞きたいことはありますか？」

「すぐには思いつかないかな。あっ、どこかおすすめの宿とか知らないかな？」

「宿ですか？　すみません、宿についてはわからないですね。泊まる場所がないのでしたら私の屋敷を使いますか？　暫く帰っていないので掃除は必要ですが」

「んー、やめておくわ。あなたの家に若い娘が出入りしている、なんて噂がたったら困るでしょう」

「確かにあまり体裁は良くないですね」

「そういうわけだから、宿は自分でどうにかするよ」

「わかりました。なにかあればいつでも訪ねてきてください。それと」

アーヴルは執務机に一度戻り、紙に何かを書き込んで戻ってくる。

「冒険者登録と宿の紹介に関して書いています。詳しい話は受付の、そうですねミランダにこれを渡してください」

紙を受け取り書かれていることを確認すると、今言われたことが書かれていた。

「ありがとう、助かるよ」

ソファーから立ち上がり、杖をそっと手に取る。ずっと静かだと思っていたらホクトは杖に止まって寝ているようだった。

「それじゃあ、何か困ったことがあれば相談に乗るから」

「ないとは思いますが、その時はよろしくお願いします」

軽く手を振って部屋から出る。そのまま階下へ降りて受付まで行く。

「おかえりなさい、話は終わった？」

「ええ、終わりました。あとこちらを。ギルドマスターからです」

ミランダに先ほど受け取ったメモ書きを渡す。

「ギルドカードの作成ね。後は宿の紹介と書いているけど」

「お願いできますか？」

「わかったわ、私の知り合いの所を紹介してあげる。部屋が空いているかはわからないけどね」

空きがあるかは行ってみないとわからないとのことだけど、案内してくれることになった。空いていなかったらその時に改めて考えよう。

「それじゃあまずはギルドカードの作成ね。字は書ける？」

「大丈夫です」

「わかる所だけでいいのでこれを書いてちょうだい」

ミランダから用紙を受け取り、邪魔にならないように受付から少し離れる。最初に来た時にはいなかった冒険者が受付に列を作っている。時間的に冒険者が依頼完了の報告へ来ているのだろう。

改めて用紙を見る。出身地や名前と年齢を、他には得意な武器に魔術師なら得意属性などを書く欄があった。出身地は無記名でいいかな。名前はエリーで、年齢は……十七歳っと。後は特技や得意属性だけど、こちらも書かなくていいかな。

「これでいいですか？」

「確認するわね。うん、大丈夫よ。それじゃあ、次はこの魔石に手を置いて」

先ほど書いた用紙の上に、手のひらサイズの木製のカードのようなものが置かれている。更にその上には拳大の魔石があった。見たところ、転写の魔文字が刻まれているようだ。

魔石に手を置くと少量の魔力が吸われる感触があった。魔石は一瞬だけ鈍く光るとその光はカードに移動して消えた。どうやら用紙に書かれていた情報がカードに転写される仕組みのようだ。

ついでに本人の魔力を使うことで、カードと所有者の紐(ひも)づけをしているみたい。意図としては偽造の防止や、カード所有者の生死確認ができるといったところかな。

「はい、もういいわよ、これが冒険者カードね。身分証にもなるからなくさないように。再発行はできるけどペナルティーがあるから気をつけてね」

冒険者カードを見てみると、表には剣と盾の紋章が描かれている。裏にはエリーという名前と年齢十七、出身地はダーナ領とだけ書かれている。出身地を空欄で出すと、自動的にカードを作った場所が刻まれる仕組みになっているのだろう。

「ありがとうございます」

「話はもう少しあるけど時間は大丈夫？」

「私はいいですけど、受付は大丈夫ですか？」

ミランダはちらりと受付を確認した後、こちらに顔を戻しニコリと笑う。

「大丈夫よ」

ミランダの背後ではサーララが、一瞬だけ恨めしそうな視線を送ってきたのが見えた。大丈夫じゃないけど大丈夫らしい。まだお昼を少し過ぎた時間なのでギルドにはあまり人がいないようだ。

「それじゃあ、まずは冒険者のランクの話をするわね」

「お願いします」

「まずはそのカードを見るとわかるけど、一番初めはウッドランクからになるわ。ウッドの依頼は街の中での依頼がほとんどね。基本的に成人前の子どもが、街の中での仕事をギルドを通して受けるためのランクになるわ。人気なのは職人の下働きね。職人に気に入られれば弟子になることもあるし、そのまま雇用関係になる場合もあるわね。他にも街の清掃や、個人宅の清掃に倉庫整理なんていうのがウッドランクの依頼の大半ね」

聞くからに、子どものためにあるランクのように思える。子どもに仕事があるというのは良いシステムなのかもしれない。農村の場合は子どもも親の手伝いをするのがあたり前だけど、街の中だと親の仕事を手伝える子どもばかりではない。そういった子どもが冒険者登録をして仕事を請けおい世間のことを少しでも学ばせるためのシステムなのかもしれない。

他にも孤児などに仕事を与えることで犯罪に手を染めさせないようにしているのだろう。孤児でも職人の所で真面目に働けば弟子になれると言っているように思えた。

「あれ？　ミランダさん、もしかして私って子ども枠になっていませんか？」

「そんなことないわよ。最初に作れるのがウッドというだけで、年齢や立場は……年齢は関係ないわ」

「どうして言い直したのですか？」

「みんな知っていることだからいいけど、貴族は別なのよね。流石に貴族の子息やご令嬢に、街の清掃などのゴミ拾いや、溝(どぶ)の掃除などの依頼を受けさせるわけにはいかないでしょ」

「確かにそうですね。依頼を出した方も貴族がやって来たら反応に困るでしょうね」

「そうよ、だから別にエリーが年齢の割に幼く見えるというのは関係ないわ」

「ならいいですけど……、それって私の見た目が子どもと変わらないって言っていませんか？」

「気のせいよ。それより話を続けるわね。ウッドの次はブロンズになるわ。ブロンズの依頼は、街の外に出る依頼が増えるわね。主に薬草やハーブの採集とかになるわ。その他にも装備を整えて、ツノウサギやポッポのような、魔物ではない野生の動物を狩ったりしてギルドに持ち帰ってくるわね。解体所に持っていけば解体してもらえるし、職員の手があいていれば解体の手ほどきもしてもらえるわ。大体の子は、肉は持ち帰って、それ以外のものはギルドに売るわね。本来は依頼以外で獲物をギルドに持ってきても受け付けないのだけど、暗黙の了解というやつね」

街の外といっても、森に入らなければ比較的安全なのだろう。そこで小動物を狩り、生き物を殺し、解体をすることで、冒険者としてやっていけるかふるいにかける意味合いもあるのかもしれない。この時点で生き物を殺せないのなら、魔物と遭遇した時に生き残れない。特に人と同じ二足歩行のゴブリンやオークは倒すことができないだろう。

確かに私も初めて魔物と遭遇した時は、生き物を殺すという行為に忌避感があって大怪我(おおけが)をした苦い思い出がある。それを考えると、段階を追ってランクを上げて、それに見合った依頼を受けさせるというのは理にかなっているように思える。

ウッドで貯(た)めたお金でナイフの一本でも買えた子からブロンズに昇格させる。ブロンズで生き物を殺すことに慣れさせる。ついでに薬草やハーブといったものの知識を覚えさせる。私が思っていたよりも冒険者ギルドというのは真っ当な組織だったようだ。

「続いてアイアン、シルバー、ゴールド、プラチナ、ミスリルといった感じで上がっていくけど、やることは大体同じになるわね。アイアンからは一定の貢献度や上のランクを与えてもいいとギルドが判断した時に上げることができるわ。ちなみにゴールド以上に関しては複数のギルドの推薦が必要になるわ。逆にシルバーまでなら各ギルドの裁量で上げることができるわね。察しはついていると思うけど、ウッドだと街に戻る時にも入場税を取られるから気をつけてね。それとシルバーに上がれば、他の街に入る時も入場税は取られないわ」

「つまりはシルバーランクを取得できれば便利になるってことですね」

「他の街への護衛依頼などを受けるなら、シルバーだと便利でしょうね」

旅を続けるのならシルバーまでランクを上げるのが良さそうだ。どれくらい時間がかかるかわからないけど、シルバーになるまではこの街に滞在するのもいいかもしれない。仮にシルバーに上がる前に他の街に行って冒険者登録をした場合、またウッドからになるらしい。

「私からの話はこんなところかしらね。エリーからは何か質問はある？」

「それでは一つだけ。仮にランク以上の魔物を狩った場合はペナルティーがあったりしますか？」

「ペナルティーはないけど、依頼が出ていた場合は依頼を受けた人に優先権があるわ。仮に先に対象の魔物を倒したとしても、依頼を正式に受けたパーティがその魔物の所有権を主張できるわね。全くその魔物と戦っていないとしてもね」

「それはなんというか、面倒くさいですね」

「一応のマナーとして、依頼を受けてからの討伐を推奨しているわ。ただし依頼を受けて失敗した場合は罰金や罰則がついたりするから気をつけてね。たまに依頼書だけ持っていって、対象の魔物を倒した後に報告なんてことをする人もいるわね」

「それっていいのですか？」

「ギルドとしてはだめとしか言えないわね。ただ、依頼はこなしているわけなので報酬は支払われるわ。その代わりギルドとしての評価はつかなくなるわ。あとはトラブルのもとになるからやめてほしいのが本音ね」

「ちなみにですけど、依頼書に書かれていない魔物の素材などを買い取ってもらえたりしますか？」

「ものによるけど買い取りはしているわ。ただ、魔物の素材だけの依頼は冒険者ギルドよりも商人ギルドの管轄だから、売るなら商人ギルドに行った方がいいわよ」

「わかりました。ありがとうございます」

「他になにか聞きたいことができたら訪ねてくるといいわ」

「その時はよろしくお願いします」

「後は宿の紹介だったわね。サーラ、エリーを宿木亭に案内してあげなさい。ついでにお昼も食べてくるといいわ」

「いいのですか？」

「いいわよ、受付は私がしておくから。そういうことで案内はサーラにしてもらうわ」

「大将のところですね。わかりました」

「サーラさん、よろしくお願いします」

「まっかせなさい」

サーララはそう言ってギルドの奥へ行きすぐに戻ってきた。どうやらギルドの職員とわからないように、ローブを着て戻ってきたようだ。

「それじゃあ行きましょうか」

「はい。ミランダさん、色々とありがとうございました」

ミランダに軽く頭を下げながらお礼を伝える。

「業務の一つだから気にしなくていいわよ」

サーララが受付カウンターから外に出る。私もサーララに続いて受付カウンターから離れる。そのままサーララの後に続いてギルドから外に出る。太陽の位置は少し西に傾いているが、日が暮れるにはまだ時間がありそうだ。

「ホクト、そろそろ起きなさい」

「ホゥ」

ホクトがあくびをするように一声鳴く。話のじゃまにならないように寝たフリをしてくれていたのだろう。毛繕いを始めたホクトを見ながらそう思った。そうだよね？　話を聞くのが面倒くさかったとかじゃないよね？

「それじゃあ案内するわ。ついてきてね」

「はい、お願いします」

「今から行くのは宿木亭という宿になるわ。亭主とその奥さんの二人でやっていて、娘さんが一人いるのよ。亭主と奥さんは、宿屋を始める前までゴールドランクの冒険者だったらしいわ。そういうことだから防犯はバッチリだし、他の宿とは違って酒場が併設していないから女の子が泊まるにはいい宿よ」

ギルド前の大広場から東へ暫く進み、本通りから少し横道に入った所にその宿はあった。立地としては、ここに宿があると知っていないと気がつかないかもしれない。ただ宿のある道はきれいに掃除されているようだ。両隣は空き店舗のようで、売出し中の貼り紙が貼ってあった。

「大将ー、まだお昼食べられます？」

「ん？　サーラか、まだ大丈夫だが食っていくか」

「それじゃあ二人分お願いします。それと今、部屋に空きってありますか？　この子を泊めてあげてほしいのですけど」

サーラに続いて宿に入る。入ってすぐが食堂になっているようで、テーブルが三つ並んでいる。食堂の奥にはカウンター席があり、カウンターの中にはいかついマッチョな人がいた。その人が大将と呼ばれる人なのだろう。私のことを値踏みするように上から下へ視線を動かしている、途中で一瞬だけ眉がピクリと動いた気がした。

「こいつをか？」

「ええ、いつもみたいに街の外から来て、さっき冒険者になったばかりの子ですね」

それを聞いて訝（いぶか）しげな表情を浮かべた後に、頭をガシガシと掻（か）いた。

「話は後で改めて聞く。まずは飯だな。適当に座って待っていろ」

「この子、ホクトの分もお願いできますか？　量は少なくていいので」

「まあいいだろう、ペットの分はまけてやる。一人銅貨三枚だ」

私とサーララは、それぞれ銅貨三枚をカウンターに置いて支払いを済ませる。

「すぐ用意する」

大将は銅貨を取り、エプロンに入れると奥の厨房に歩いていった。

「いつもあんな感じなのですか？」

「あんな感じね。一見怖そうに見えるけど、優しい人よ。それにしてもいつもと反応が違うような気がするわね。何かあったのかしら」

何か、か。私を見た時の反応からして、私の何かに気がついたのだろうか？　魔力はちゃんと隠しているので魔力ではないと思うのだけど。もしかしてホクトの存在だろうか？

暫くサーララと話をしながら待っていると、大将がお水の入ったコップと、野菜炒めを持ってきた。見るからに新鮮なお野菜とその上に載せられた大きめの豚肉にタレがかけられていて美味しそうだ。普通の野菜炒めというと豚バラなのだろうけど、野菜炒めを覆い隠すように大きく切られた豚肉のように見えるオーク肉が、ドデンと数枚載せられている。

「冷める前に食べちまいな」

「はーい」

サーララがそう返事をしてから両手を組んで目を閉じる。師匠や私はやらないことだけど、人によっては食事の前には信仰する神に祈りを捧げるらしい。一応私も同じように手を組んで目を閉じ、口の中でだけ「いただきます」と言っておく。

私はポシェットからマイ箸を取り出して、それを使って食べ始める。お箸を使っても、何も言われないことから、もしかするとお箸も普及しているのかもしれない。まずはドデンと野菜の上に鎮座している大きくスライスされたお肉を一枚食べる。味は豚肉に似ているけど、脂がくどくなくタレと相まって思ったよりも食べやすい。

続いて一口サイズに切られた野菜の数々、見た目はピーマン、もやし、キャベツ、にんじんに似ている。それらをオーク肉で包んで一緒に食べる。

弾力はあるのに柔らかいお肉とお野菜の程よい歯ごたえ、そして絡まるタレが絶妙だ。これでお米があれば完璧なのだけど、どこかに落ちていないだろうか？　なんだろう無性に豚丼が食べたくなる味付けだ。

気がつけば完食していた。最後にお水を飲んで、口の中でごちそうさまと言っておく。

「美味しかったです。特にこのタレが最高ですね」

「でしょー、ここの料理はヘルシー志向で女性に人気だし美味しいのよ」

「ホゥホォ」

どうやらホクトもご満悦のようだ。

「サーラ、お前は戻っていいぞ。そろそろ昼休憩が終わるだろ」

「あー、そうですね。それじゃあエリーのことお願いしますね。エリー、ホクトちゃん、またギルドでね」

「サーラさん、ありがとうございました。ミランダさんにもよろしくと伝えてください」

「ホゥホゥ」

サーララは急ぎ足で宿木亭を出ていった。どうやら休憩時間が終わりそうだというのは本当だったようだ。

「少し話がある。次にギルドに行った時は改めてお礼を言った方が良さそうだ。食器を片付けてくるから、そのまま待っていろ」

「わかりました」

大将は食器を回収して、厨房に持っていくとすぐに戻ってきた。

「待たせたな」

大将は一人の女性を伴い戻ってきて私の正面に並んで座った。女性は金色の髪をした優しそうな雰囲気をしている。

「最初に自己紹介をしておこうか。俺はガードルフだ、大体のやつは俺のことをなぜか大将と呼ぶが好きに呼んでくれていい。そしてこっちが妻のアーシアだ。昔の怪我が原因で話すことができない。黙っているからといって気を悪くしないでくれ」

大将の名前はガードルフというようだ。そして隣に座っているきれいな女性が、大将の奥さんのようだ。一言で言うなら美女と野獣といったところかな。

「私はエリーです、こちらのフクロウはホクトです。お二人共よろしくお願いします」

私が軽く頭を下げると、アーシアも同じように軽く頭を下げて返してくれた。改めて二人を見てみる。大将の方は短い茶髪にムキムキの筋肉をしていてむき出しの腕には多数の傷が見て取れる。アーシアの方は金色の髪をポニーテイルにして、ニコニコと優しそうな笑顔を浮かべている。

「…………」

「…………」

「…………」

なぜか無言の時間が過ぎていく。

「お前何者だ？」

「何者……ですか？」

ここはどう答えたらいいのだろうか、バカ正直に魔女ですなんて言うわけにもいかない。どうしたものかな。

「お前の着ているそのローブ、何を隠しているのかは知らねえが、駆け出しの冒険者が着るようなものじゃないだろ」

「これですか？」

裾をつまんで少し持ち上げてみせる。どうやら私が着ているローブに違和感を覚えたようだ。

ローブには認識阻害の効果が付与されているはずなのだけど、わかる人にはわかってしまうのだろう。つまりは大将からすると、私の出で立ち（いでたち）はどこからどう見ても怪しくて、初心者の冒険者に見えなかったということになる。そりゃあ警戒されても仕方ない。

「あー、んー、そうですね。なんといいますか、世間から隔絶された所でずっと生活をしていたのですけど。そして数日前にそこを出て旅をしているといったところですね。ちなみにこのローブは私が作ったので盗んだとかそういうことはないですよ」

私がそう言うと大将はアーシアに視線を向けた。アーシアは大将に頷いて返している。二人の間で何か言葉以外のやり取りがあったのだろう。

「嘘は言っていないようだがそれが全部じゃないだろ」

「まあ、それは、私にも言えないことはありますよ」

「なら言えることは全部言っちまいな、それを聞いてどうするか判断する」

「判断ですか？」

「ああ、お前と命をかけて戦うかどうか、のな」

そう言って大将は可視化できるほどの闘気を纏って笑いかけてきた。いやそんな怖い笑顔浮かべたうえに、命をかけて戦うってどういうことよ？　ぷるぷる、わたしはわるいまじょじゃないよ、とでも言えばいいのかな？

どこからどこまで言っていいのか駄目なのか判断に迷う。話すとしても、魔女の弟子ということまでなら話してもいいだろう。話した上でだめそうなら別の街に行けばいいかと思い直して、ある程度ぼかして話すことにする。

「えーっと、お二人は魔の森って知っていますか？」

「そりゃあこの街に暮らしていて知らないやつはいないだろ」

「それでは魔の森には誰がいるとか暮らしているとか聞いたことはありますか？」

「魔の森の魔女のことか？　それこそこの街に暮らしていれば子どもの躾（しつけ）のために聞かせる定番の話だな」

「躾ですか？」

どうやら有名な話らしく、私がその話を知らないことを二人は訝しんでいる。

「簡単に言うと、悪い子は魔の森から魔女が出てきて連れていかれるぞってやつだな」

師匠が子どもを拐（さら）うなんて面倒なことをするとは思えないので、とんだ風評被害というものではないだろうか。ただ拐いはしないけど見捨てもしないだろうから、その辺りで認識の齟齬（そご）があった結果の話なのかもしれない。

「わざわざ魔の森の魔女の話をするということは、何か関係があるのか？」

「そうですね。簡単に言いますと私はその魔の森の魔女の弟子の一人とでも言えばいいでしょうか」

「まじょのでし？　弟子というのは師弟の弟子でいいのか？」

「その弟子です」

大将は何かを確認するようにアーシアを見るが、アーシアは無言で頷いて返している。アーシアの反応を見てか大将は右手で頭をガシガシと掻いた後にため息をついた。

「それでこの街に来た目的はなんだ？」

「この街に来たのは師匠の所から一番近かったからですね。それ以上でもそれ以下でもないですよ」

「そう、か」

用意されていたお水を飲んで返答を待つ。腕を組み目を閉じた大将の頭の中では、私を受け入れるのかどうか、私の話が本当のことなのかを考えているのだろう。暫く待ち、水を飲み干したところで大将が目を開け、私と目を合わせる。その瞳は私の全てを見通すように真剣な目をしていた。

「事情はわかった。色々と疑ってすまなかったな」

「正直に言いますとこの歳まで魔の森から出たことがなくて、先ほどの寝物語を知らなかったこともそうですが世間については無知なので色々と常識的なことを教えてもらえると助かります」

大将は頷きながら私の目をまっすぐに見つめてくる。その瞳からは先ほどの疑うようなものは感じられない。今の私の見た目は若い少女の姿なので相応の年齢だと思ったのかもしれない。あえて訂正しなくてもいいでしょう。

大将は腕を組んで再び目を閉じ、何かを考えている。少しして考えがまとまったのか一つ頷いて閉じていた目を開けた。

「よし、そういうことなら暫くここに泊まっていい。聞きたいことがあれば教えてやる、宿泊代は朝夕の二食付きで銀貨一枚だ」

「ほんとうに泊まってもいいのですか？　自分で言うのもなんですけどかなり怪しいと思うのですけど」

「さっきのおとぎ話を知らない時点で普通じゃないのはわかる。どんなに貧しい寒村だろうがこの辺境で聞いたことがないやつはいないはずだ。それに今のところ嘘は言ってないようだからな」

そう言って大将はアーシアに視線を向ける。どうやらアーシアは嘘を見抜くことができるようだ。

「大将がいいなら助かるのでお願いします。世間知らずなもので色々と教えてもらえると助かります」

本当に心から助かる。祈る気持ちで両手を組んで二人を拝んでおく。

「何してんだ？」

「拝んでいます」

二人揃って微妙な表情を浮かべているが構わない。

「まあ、なんだ。泊まるってことでいいんだな」

「はい、大将、アーシアさん、よろしくお願いします」

ポシェットから三十日分の宿泊代として、金貨を三枚取り出して大将に手渡す。

「あとついでなので少々お願いがあるのですが」

「何だ言ってみろ」

「まとまったお金を作りたいので素材を買ってもらえる所とか教えてほしいです」

「ギルドは……、だめだな。その素材ってのは魔の森のやつか？」

「まあそうですね。魔の森から出た後に狩ったものはオークだけですけど」

「オークはそのポシェットの中か、オークの肉なら俺が買い取る。他の部位は俺が売ってきてもいい。それ以外の魔の森のものは少し待て。信頼できるやつが来た時にでも話を通す」

「お肉は解体もしてもらえるなら半分お譲りしますよ。解体済みのトリ肉もありますけどどうします？」

「解体だけで半分もらえるのなら助かるがそれでいいのか？　金がいるんだろ？　トリ肉は状態によっては買い取ろう」

「オークに関しては自分で解体するのが面倒だなと思ったので。あとトリ肉は量が多くて、全部使い切るの大変だなーと思っていましたので買い取ってもらえるなら助かります」

なんとなくピクリと片眉が動いたように見えた。

「ちなみになんの肉だ？」

「死使鳥（しし ちょう）ですけど」

「あーあれか、よく倒せたな」

「遠距離から魔術でズバッとですね」

「そうか……。普通はそうもいかんのだが、魔女の弟子を名乗るだけはあるということか。それじゃあこっちだ、ついてこい」

大将はついてくるように言って立ち上がると厨房の奥にある扉から外に出た。大将の後に続いて扉をくぐると、そこは中庭だった。そしてそこの中央に井戸がある。日当たりのいい場所にはシーツや服が干されていた。それとは反対側の端は日陰になっていて解体台が置かれている。

「それじゃあ解体するからオークを出しておけ。アーシアから部屋の鍵を受け取って休むなり出かけるなり好きにしていいぞ」

「はーい、それではお願いしますね」

私は収納ポシェットから、さっき狩った傷だらけのオークを台の上に取り出す。すると大将が呆れたような声色で話しかけてきた。

「お前な、こいつが何か知っているのか？」

「オークですよね。ちょっと傷だらけですけど、お肉は新鮮だと思いますよ」

癖なのか、大将はまた頭をガシガシと掻き始める。

「とりあえずこいつは仕舞っておけ、近いうちにギルドに俺が持っていく。お前の功績にはならんが金は全部お前に渡す。そっちの方が都合はいいだろ？　ちなみに頭がついてないが頭もあるよな」

「ええ頭も一応ありますよ。それと別に功績とかはどうでもいいですけど、これって何ですか？」

聞いてはみたけど、ここまでの話で大体どういうオークなのかなんとなく察してはいる。

「シルバーランク推奨の特殊個体だな」

ですよねー。

オークは意外と臆病な種族で、あまり単体で行動することはない。あの時は単に仲間とはぐれた個体なのかと思ったのだけど、特殊個体だったのなら街道近くにいたのも納得できる。

「それじゃあ、一旦しまっておきますね」

「そうしておけ、ギルドに持っていく時に改めて出してくれ」

「そうします」

オークを収納して、代わりに死使鳥のお肉を取り出して、解体台の上に置いていく。

「ほう、全部いいのか？」

「いいですよ。どうせ使いきれませんし」

「それならまとめて金貨三枚でどうだ？」

「そんな高額で買い取ってくれるのですか？」

「いや、これでも安めの値付けだぞ。死使鳥なんてめったにお目にかかれないからな。後は羽もあれば大金貨一枚は超えるだろうな」

「大金貨ですか？　ちなみに大金貨は金貨十枚分くらいの価値でいいのですよね？」

「そこからか。簡単に言うと、銅、銀、金、大金貨、それぞれ十枚で上の硬貨一枚だと思っておけばいい。つまり大金貨一枚は金貨十枚だな」

「わかりやすいですね、説明ありがとうございます。ちなみに死使鳥の羽もいりますか？　自分用のお布団にしようと思っていまして。その余りになりますけど、それで良ければ差し上げますよ」

「お前がそれでいいなら受け取るが、いいのか？」

「いいですよ。オークの件の手間賃とでも思って受け取ってください」

「そういうことならありがたく受け取らせてもらおう」

死使鳥のお肉代を受け取り、羽は二割ほど袋に詰めて大将に渡す。取引が終わったところで食堂に戻る。食堂ではアーシアが待っていて、部屋の鍵を差し出してきた。

「それが部屋の鍵だ。部屋は二階の一番奥になる。手前三つは埋まっているから間違えるなよ」

「わかりました」

「晩飯は死使鳥の肉を使ったものを出してやる。街を見て回るのもいいがあまり買い食いはするなよ」

「はーい、楽しみにしておきます」

晩ご飯まではまだ時間がありそうなので、部屋を一度確認しておくことにする。二階に上がろうとしたところで大将が何気ない感じで話しかけてきた。

「それにしてもお前が魔女本人じゃなくてよかったな」

「そうですね。ちなみに魔女だとなにかまずかったりします？」

「あん？　そりゃあ、まずくはないのか？」

魔女だとなにかあるのだろうか？

「さっきの魔の森のおとぎ話と同じだな。昔のどこかの賢者が予言のようなものを残している」

「予言ですか。それはどういったものですか？」

「気になるか」

「そりゃあ、これでも魔女の弟子ですからね」

「俺もうろ覚えだが確か『魔女が動く時世界が動く、人よ魔女に関わるなかれ、魔女に触れるなかれ、魔女に手を出すことなかれ、魔女は心を映す鏡なり、善には善を、悪には悪を、されど恐れることなかれ』だったか？　これの続きもあった気がするが忘れちまった。今度自分で調べてみろ」

「それだけ聞くと、危険物のため取り扱い注意と言ってるようにしか思えないですね」

「うまいこと言うな。俺も初めて書物で読んだ時に同じ感想を持ったわ」

大将はそう言って「わはははは」と笑っている。どうしてそんな予言が存在するのか気になる。

そのうち少し調べてみるのもいいかもしれない。

「それじゃあ、一度部屋を見てから散策してきますね」

「おう、晩飯は六の鐘。鐘が六回なる時間には用意しておく」

「はーい。楽しみにしておきますね」

私は階段を上がり、四部屋あるうちの一番奥の部屋の鍵を開けて中に入った。

◆

俺はエリーが部屋に入るのを確認してから、アーシアと共に厨房に入る。

エリーの着ていたローブを見た時、ただ者ではないと思った。一見薄汚れたローブに見えたが、魔力を通した目で見ると隠匿の効果が込められているのがわかった。それだけなら良かったのだが、その後に出てきた話を聞いてどうしたものかと迷うことになった。

見た目はのほほんとしているが、魔女の弟子と名乗り、その力は疑いようがなかった。

収納が付いたポシェットを持ち、特殊個体のオークや死使鳥を狩れる実力を持っている。

冒険者時代の俺でもエリーと戦えばどうなるかわからない。それでも宿で受け入れることにしたのは、エリーが嘘をつかなかったからだ。それに悪いやつではないのは何となくわかった。

ただ、常識を持ち合わせてないのが不安ではある。

「アーシア、何かあればすぐに知らせてくれ。俺の勘では助かることはあっても、困らされることは……少ししかないと思う」

アーシアはニコニコと微笑(ほほえ)みながら頷いて返してくる。アーシアの声は対外的に、昔の怪我が原因ということにしている。実際は、とある呪術師に呪いをかけられて声を失った。そんなアーシアだが、嘘を見抜く能力を持っている。俺たちがこの街にたどり着き落ち着いたのがおよそ十年前。

元々の目的はアーシアの呪いを解くために魔の森に住むという魔女を探すためだった。

それにあいつが言うことが本当なら、魔の森に魔女がいるという噂は真実だったのだろう。

結局はアーシアが娘を身ごもったことを契機に、冒険者を引退した。その後は手持ちの金でこの宿木亭を始めたわけだ。

あいつを受け入れた理由に、もしかするとアーシアの声をなんとかできるのではないかという期待もある。決め手の一つに、冒険者時代から俺は自分の勘というやつにはここぞという時に何度も助けられてきた。今回もその勘が働いた。

だから俺は自分の勘を信じて受け入れることにした。それが吉と出るか凶と出るかはわからない。悪いようにはならないとは思うのだが……。とぼけた顔で、のんきに手を振りながら階段を上がっていくエリーを見て自然とため息が出た。本当に俺の判断は間違ってないのだろうか？

◆

部屋の中は思っていたよりきれいだった。ベッドが一つと机と椅子があるだけの小さな部屋。ベッドに被(かぶ)されているお布団からおひさまの匂いがする。

収納ポシェットからホクト用の止まり木を取り出して机の上に置く。ホクトが私の杖から飛び立ち止まり木に止まった。

「ちょっと散策に行くけどホクトはどうする？」

「ホォホォホゥ」

どうやらホクトはお昼ご飯の食べすぎで眠たいようだ。ギルドでも散々寝ていたのに歳のせいかな？　そう思ったところで、ホクトが飛び上がり私の頭を突(つつ)いてきた。どうやら声に出ていたようで、年寄り扱いされたのが気に入らなかったらしい。

「ごめんって、痛いから突かないでよ」

「ホゥホゥ」

「私も中身は年寄りですって？　ふふん、私は永遠の十七歳だから年寄りじゃありませんよーだ」

「ホゥ」

呆れられた。

「それじゃあ、そこの窓を開けておくから。私は少し街の散策に行ってくるね」

「ホゥホゥ」

部屋の一番奥にある窓を開ける。正面には屋根が見え、下を覗いてみるとそこには井戸があり、先ほど大将に死使鳥の肉を渡した場所なのがわかった。

「それじゃあ行ってくるね」

脱いだローブを再び着て、杖は収納ポシェットに入れておく。部屋を出て鍵をかけ階下に降りる。厨房の方を覗いてみると、大将が思案顔で立っていた。

「大将、なにか考えごとですか？」

「ん？　エリーか。いやな、死使鳥の肉だが、かなりの量だろ。どうしたものかと思ってな」

「あの量を捌くのは確かに大変かもしれないですね」

私が収納ポシェットで預かるという手もあるけど、その都度出したりするのは面倒かな。

「大将、いいこと思いつきました」

「いいこと？」

「私がお金を出しますので、人を呼んでもいいですか？」

「別に構わねえが、お前に呼ぶような知り合いがいるのか？」

「心外な。といっても、ミランダさんとサーラさんですよ。後は街に入る時にお世話になったギースさんとジョシュ兵長くらいですけど。目的としては人脈づくりといったところですね」

「まあそういうことなら悪くないかもな。誘って来てもらえるかわからんがな」

「その時は料理を全部買い上げますよ。収納ポシェットに入れておけばいつでも食べられますから」

「食材を無駄にするよりはいいか。そういうことなら、追加で三人だな。エリー以外にここに泊まっているやつらとの顔繋ぎもついでにやるか。三人の分は俺の方で負担しよう」

「確か宿に受け入れてるのは女の子だけですよね？」

「まあな、アーシアのことや娘のニーナのことがあるからな」

「そういえば娘さんもいるのでしたね」

「今は教会教室に行っているな。夕方には帰ってくるだろうから、その時に紹介はするつもりだ」

どんな子だろうか？　大将に似ていないといいのだけど。

「おい、聞こえてるぞ」

大将に睨まれた。

「あ、あはは、それじゃあちょっと行ってきます。料理楽しみにしておきますね」

「時間は七の鐘がなる辺りになると言っておけ」

「はーい」

大将から逃げるように走って宿を出る。まずはギルドに向かうことにする。表通りから中央広場に出て北へ向かう。夕方に近づいたためか人通りが最初に見た時よりも増えている。

ギルドの前にたどり着くと、ギルド前も人が多い。人の波を避けてギルドに入る。ギルドの中は最初来た時より人が多い。酒場の方に目を向けると複数のパーティが酒盛りをしている。

人が多い割には受付に並んでいる人はあまりいないようだ。考えてみればパーティメンバー全員で並ばずに、報告する人だけ並ぶのだから人が少ないのもおかしくない。それでも受付に並んでいる人がいるので空くのを待つことにする。暇つぶしに依頼の貼られた掲示板を見てみる。

ぱっと見たところ、ウッドの依頼は見当たらない。ブロンズは薬草やハーブの採集。アイアンになると、魔物退治がいくつかあるようだ。シルバーにまでなると、討伐よりも魔物からとれる素材回収の依頼が多いように見える。もう夕方が近いので、残っている依頼はこんなものだった。ミランダに聞いた話では依頼書を剝がして依頼を受ける形なので、残っているのは誰も受けなかったことになる。

そういえば大将が、特殊個体のオークはシルバーランクの依頼と言っていたけど、シルバーランクの貼られているところには見当たらない。もしかすると誰かが受けているのかもしれない。この場合は依頼を先に受けた人が所有権を主張できるのだったかな？

そのままシルバーの依頼を越えてゴールドの依頼の掲示板を見てみる。そこには一枚しか依頼書が貼られていなかった。その一枚だけ貼られている依頼の内容はこうなっている。

ランクゴールド、討伐対象特殊個体オーク、冒険者から奪ったと思われる大剣を所持、北の街道にて目撃情報あり、となっている。依頼主が冒険者ギルドと商人ギルドの連名になっているようだ。報酬は大金貨一枚となっているけど、正直高いのか安いのかわからない。だって一撃で倒しちゃったから私にとっては破格に思えるのだけど、ゴールドランクにとってはどうなのだろうか？

魔物を探してすぐ見つかればいいけど、見つからなければ何日も拘束されかねないことを考えると微妙なのかもしれない。実際対象のオークは私が持っているわけだし、これに関しては大将に要相談かな。一通り依頼を見終わったところで受付がちょうど空いたので受付に向かう。

「ミランダさん、サーラさん、先ほどはありがとうございました。無事大将の所でお世話になることになりました」

「エリー良かったわね。サーラがなんだか大将の様子がいつもと違ったって言っていて心配してたのよ」

「ほんと、今日の大将は何だったのかな？」

多分それは私のせいですね、とは言えないので黙っておく。

「それで、わざわざその報告をしに来てくれたの？」

「あっ、そうでした。ミランダさん、サーラさん、お二人とも今晩は空いていますか？」

「夜はもう少しで遅番と交代になるけど、エリーも一緒に晩ご飯食べる？」

「それです、夜ご飯を大将の所でどうかなと思いまして。大将には人を呼ぶ許可はもらっています。冒険者のことや街のことを食事でもしながら教えてもらえると嬉しいです」

「はーい、私はいいよ」

「それじゃあ私も行こうかしらね」

どうやら二人とも参加してくれるようだ。一瞬アーヴルも誘おうかと思ったけどやめておくことにした。どういった関係なのか聞かれそうだし、うっかり言わなくてもいいことを言ってしまいそうな気がする。

「それでは七の鐘がなる頃に大将の宿に集合でお願いします」

二人から了承の返事をもらい受付を離れる。ちょうど冒険者が受付に向かってきていたのでじゃまにならないように離れる。受付に着いた冒険者が「見ない顔の子だな」とミランダに話しかけているのが聞こえた。

お次は北門に向かう。ジョシュ兵長とギースがいたらいいのだけど。北の大広場を抜け屋台や露店の間を通り、北門にたどり着く。北門は私が街に来た時とは違い人がごった返していた。空はいつの間にか茜色に染まっていることから、そろそろ門が閉まる時間なのかもしれない。つまり駆け込みで街に入ろうとしているのだろう。

入場整理をしている兵士の中にはジョシュ兵長とギースの姿も見えた。暫く人間観察をしながら待っていると、どこからか鐘の音が聞こえた。鐘の音が六回鳴ると門が閉まりだす。どうやら今のが六の鐘で、それを合図にして門を閉めるようだ。時間内に街へ入れなかった人はいないように見えた。

「君は昼間の。こんな所でどうしたんだい？　今日はもう外に出られないし、夜に外をうろつくのは感心しないぞ」

門が閉まるのを見ていたのに気がついたようで、ジョシュ兵長とギースがやって来た。

「いえ、ジョシュ兵長とギースさんに少しお話がありまして」

「俺と兵長に？」

「はい、街に入る時お世話になったのでお食事でもどうかなと思いまして。宿木亭という宿にお世話になることになったのですけど、宿の大将からちょっと使い切れないほどの食材が手に入ったという話を聞いたんですよ。それならということで、私の歓迎会を兼ねてお食事会を開こうという話になっちゃいまして。そんなわけで人を集めているのですけど、この街で私の知り合いというと、ジョシュ兵長とギースさん、後は冒険者ギルドの受付をしているミランダさんとサーラさんくらいなのでお二人もどうかなと思いまして」

「宿木亭というとあの大将のところか。そういうことなら参加したいところなんだが、すまんな嬢ちゃん。今日は嫁さんと約束があってな、残念だが遠慮させてもらうよ。その代わりと言ってはなんだがギース、お前は行ってくるといい、サーラちゃんと仲良くなるチャンスだろ」

「な、な、何を言っているのですか。俺は別にサーラのことなんて」

「おや、ギースさんはサーラさんがお好みなのですか？」

これは私が恋の仲介をしてあげるべきだろうか？　……うん、無理。だって元の世界で私は異性とお付き合いしたことがないので、色恋に関しては素人です。

「そ、そんなんじゃねーよ。サーラに変なこと言うなよ」

どう考えてもそうとしか思えない反応ありがとうございます。いつまでもからかっていても仕方がないので話を進めることにする。

「ジョシュ兵長は不参加で、ギースさんは参加でいいですね。それでは七の鐘がなる頃に宿木亭までお願いします」

「女の子一人なら大将のところが一番安心できるな。おい、ギース、引き継ぎなどは俺がやっておくから先に上がっていいぞ。それと汗を流して少しはマシな服を着ていけよ。これは命令だ」

「あー、はい、了解しました」

「それじゃあ嬢ちゃん、ギースのことを頼む」

私が頷くとジョシュ兵長は他の兵士のもとへ歩いていった。

「ギースさん、時間は七の鐘がなる頃になりますから遅れないようにしてくださいね」

「おうわかった」

「いえいえ、お昼に案内してもらったお礼ですから」

ギースと別れて宿木亭へ戻る。途中で屋台の近くを通ったのだけど、相変わらずお腹が減る匂いが漂っていて大変だった。

「大将ただいま戻りました」

「帰ってきたか。結局何人来ることになった？」

「えと、ミランダさんサーラさん、それと門兵のギースさんの三人ですね」

「ギースか、あいつならまあいいだろう。だがな、ここに男は連れ込むなよ」

「そんなことしませんよ。そのような相手もいませんし、作るつもりもありませんから」

「それはそれでどうかと思うがな」

「それでいくらくらいお支払いしたらいいですか？」

「ん？　ああ食事代か。銀貨五枚でどうだ？」

収納から小銭入れを出して銀貨五枚を大将に渡す。

「それじゃあ一旦部屋に戻りますね」

「おう、七の鐘がなったら下りてこいよ」

「はーい」

「ああそうだ、お湯を使うなら用意するがどうする？」

「お湯ですか？」

「今の時期はまだ気温が高いが、水で体を拭くのは嫌だろ」

「私って臭います？」

「いやそんなことはないが？」

お湯で体を拭く、つまりはここにはお風呂がないということだろう。そもそも私は魔法で浄化するので体を拭いたりはしなくても大丈夫だ。

「お湯は大丈夫です。こういった感じで浄化ができるので」

私はそう言って、自分と大将を対象にして浄化の魔法を使う。

「おま……、はぁ、今のは魔法というやつか」

「そうですよ。今使ったのは浄化の魔法ですね」

「いいことを教えてやる。俺の知る限り、この国で魔法が使えると知られているのは、この国の王族に一人いるだけだ。その意味がわかるか？」

「人前で使うなってことですね」

「別に使うなとは言わん。お前の勝手だからな。ただ使うならバレないように使え」

「わかりました。気をつけます。ちなみに魔法なら師匠も使えますし、何ならこの街の冒険者ギルドのギルドマスターも使えますよ」

「そんな情報はいらん！　俺は何も聞いてない、わかったな」

魔法使いの情報を教えたら大将に怒られた。なんで？

「そうだ、さっきの体を拭くお湯に関係あることで、後で相談したいことがあります」

「なんだか嫌な予感がするが、話だけは聞いてやる」

「悪い話じゃないですよ。詳しくはその時にします。それでは一度部屋に戻りますね」

「ああ、七の鐘がなったら下りてこいよ。その時に娘のニーナと、他の宿泊客の紹介をしてやる」

「はーい、わかりました」

階段を上り、部屋に入る。部屋の中は真っ暗で、開けっ放しの窓から夜の冷たい空気が入り込んでくる。

「ホクト、ただいま」

「ホゥホゥ」

窓を閉めてから、ローブを脱いで椅子にかける。備え付けてある魔導ランプのスイッチを入れると、暗かった部屋が明るくなる。そのままベッドに倒れ込むように寝転ぶ。窓を開けっ放しにしていたためかお布団が冷たい。肩からかけたままの収納ポシェットからメモ帳を取り出して、今日あった出来事を日記のように書いていく。

特殊個体のオークを倒したこと。街にたどり着きジョシュ兵長とギースに出会ったこと。冒険者ギルドでアーヴルと再会したこと。受付のミランダとサーララと出会ったことなど、サラサラと書いていく。それから、大将は見た目に反してお人好しなことと、アーシアの声が出ない原因は呪いによるものではないだろうか？　とも追加で書く。

色々とメモ帳に書き込んでいると、鐘の音が聞こえた。きっとこれが七の鐘なのだろう。ローブを収納ポシェットに入れて、代わりに収納から杖を取り出す。

「ホクト、晩ご飯食べに行くよ」

「ホゥ」

ホクトが鳴いて、杖の先端に飛び乗る。杖を肩にかけて部屋から出ると、一階が騒がしくなっているのがわかった。階段へ向かいながら食堂を覗くと、大将とギースが料理を運んでいる。他にはアーシアとアーシアに似た可愛い女の子が飲み物を運んでいるのが見えた。あの子が大将の娘さんかな？　大将に似ていなくて良かったと思う。

「ミランダさん、サーラさんいらっしゃい」

「今日の食事代はエリーが出してくれるようね。ごちそうになるわ」

「エリー、ありがとうね」

「いえ、こちらこそいい宿を紹介してくれてありがとうございます」

ミランダとサーララと会話をしているところに、先ほど見た女の子が飲み物を運んできた。木製のコップを受け取りテーブルに載せて、お礼を言ってから自己紹介をする。

「はじめまして。私はエリー、こっちのフクロウはホクト。今日からこの宿にお世話になるわ」

「エリーさんとホクトちゃんですね。はじめまして、私はニーナといいます。よろしくお願いしますね」

礼儀正しく頭を下げるのは、十歳くらいの女の子だった。

「よろしくね、ニーナちゃん」

自然と頭を撫でてしまった。めちゃかわいい、頭を撫でられてえへへと笑っている。

「大将、私にニーナちゃんをください、絶対に幸せにしますから！」

「お前そんなに死にたいのか」

全身に闘気を発して睨んでくる。

「冗談ですごめんなさい」

速攻でごめんなさいをしたのは言うまでもないだろう。

「あはは、面白い人だね。ボクはガーナ。同じ宿に泊まっている者同士仲良くしよう」

話しかけてきたのは、暗めの赤い短髪をした十五歳くらいの女の子だった。身長は私より少し小さいくらいだろうか。外から戻ってきたばかりなのか、革鎧にショートソードを装備している。

「ガーナさんですね。私はエリー、こっちがホクトです。よろしくお願いします」

「ガーナでいいよ。さん、とかいらないから。歳も似たような感じでしょ？　あとその妙にかたっ苦しい話し方もね」

「そう？　それじゃあよろしくね、ガーナ」

お互い手を出して握手をする。

「わたくしはサマンサですわ。ガーナのパーティで神官戦士をしていますわ」

「サマンサさんですね。よろしくお願いします」

「最後に私だね。私はミランシャ。ガーナとサマンサのパーティメンバーだよ。よろしくね。私もガーナと同じ感じでいいよ」

「わかったわ、ミランシャ。よろしくね」

サマンサは、落ち着いた薄い金色の髪を肩で揃えている。服装は、神官戦士らしくきっちりとしていて、腰にはメイスが下げられている。胸元には光の神を象徴する聖印が下げられていることから、光の神を信仰しているのだろう。一方のミランシャは、茶色の髪をサイドテイルにしている。服装に金属類は一切なく、動きやすさを重視したものを着ている。武器としては腰にナイフと背中にショートボウを背負っている。斥候かもしくは狩人(かりゅうど)といった感じだろう。戦士に僧侶と斥候、バランスの取れたパーティ編成に見える。あとは魔術師がいればベストに思える。

「自己紹介はそれくらいにしてお前たちは着替えてこい。汗を流すならそこにお湯を用意してあるから持っていけ」

「「大将いつもありがとうございます」」

「じゃあエリー、また後で」

ガーナたち三人は、お湯の入った桶(おけ)を持って二階に上がっていった。

杖を壁に立てかけると、ホクトが誰も座っていない椅子の背もたれに移動した。私も料理や飲み物を運ぶのを手伝うことにする。代わりにギースに、ミランダとサーララの相手をしてもらうようお願いしておいた。両手に花とは羨ましい限りだ。

料理を一通り運び終わった頃には、着替えを済ませたガーナたちも降りてきて席についている。

大将やアーシアさんにニーナちゃんもそれぞれが空いている席に座った。今日は私の歓迎会みたいなものということで、大将たちも一緒に食事をすることになっている。

「急なお誘いに参加してくれてありがとうございます。街にたどり着いたばかりで、右も左もわからない私を助けていただいた感謝を込めてお誘いさせていただきました。暫くはこの街に、そしてこの宿にお世話になります。あとは、自分で言うのもあれですが、私の歓迎会も兼ねてもらっています。そういうわけなので、よろしくお願いします」

私の挨拶が済むと、みんなが拍手してくれる。

「ようし、それじゃあ好きな飲み物を手に取ってくれ。酒は俺のおごりだから好きに飲んでくれ。ただしちゃんとセーブして飲めよ」

大将の言葉にニーナ以外の全員がお酒の入った木製のジョッキを手に取る。

「準備はいいな、乾杯」

「「かんぱーい」」

それぞれが隣の人とエールの入った木製のジョッキを勢いよくぶつけ合っている。私もミランダとサーララとジョッキをぶつける。

わーい、お酒だ、おさけ……。んーん？　なんだか思っていたよりもアルコール度数が低い気がする。大将が事前に冷やしてくれていたようでぬるくはないし、味も悪くない。私が異世界のお酒に期待しすぎたのかな？　これなら師匠が隠れて飲んでいた、蜂蜜酒の方が確実に美味しい。でも、他の人は美味しそうに飲んでいることから、ここのお酒はこれが普通なのだろう。

仕方がない、お酒は諦めて料理を食べよう。改めて、テーブルに載っている料理の数々に目をやる。串焼きとスープに新鮮な野菜。手羽先にチキンステーキ、そして照り焼きやささみなどなど色々と用意されている。料理を適当に取り皿に取って食べることにする。

「大将、これすっごく美味しいけどなんの肉なの？」

ガーナが串焼きをもしゃもしゃと食べながら大将に聞いている。

「あん？　なんだっていいだろ。詳しくは聞くな。たまたま手に入ったものだからな、お前らみたいな駆け出しじゃ暫く食えんだろうから食えるだけ食っとけ」

「あら本当に美味しいですわね、大将とアーシアさんの腕がいいのはいつものことですけど、素材がいいのかしら。いつもより美味しい気がしますわ」

「だね、これだけ美味しいと屋台で買い食いできなくなっちゃいそう」

サマンサとミランシャも、美味しそうに食べている。私も早速串焼きを食べてみる。めちゃくちゃ美味しい。さすが死使鳥の肉とも言えるし、大将の腕がいいからとも言える。

スープもトリガラを使ったのか、さっぱりした中に旨味が出ていて美味しい。昼間の野菜炒めの時も思ったけど、これに使われている調味料がほしいな。大将にお願いしたら売ってくれるかな？

いや、そもそも私の手元には毒由来の調味料しかないわけで、明日にでもその辺りを買うために店回りでもした方が良さそうだ。そんなことを考えながら他の人にも目を向ける。ミランダが大将たちの方に合流して、サーララとギースを意図的に二人きりにしたようだ。

とりあえずあそこの席は放っておくことにして、大将たちに合流する。

「エリー、食っているか」

「食べていますよー。すっごく美味しくて大満足です。この調味料って秘伝かなにかですか？　すごくいいので分けてほしいです」

「あーこれか。調味料全般はアーシアの手作りだな。ほしければアーシアに聞け」

「ほうほう、そうなのですね。アーシアさん、良ければ少しでいいので分けてもらえませんか？」

アーシアは、ニコニコと笑顔を浮かべながら頷いてくれた。

「やった、よろしくお願いしますね」

エールはセルフで入れることになっているので、おかわりをするためにカウンターへ向かうとミランダさんがいた。

「ねえエリー、このトリ肉ってもしかしてあなたが提供したものじゃない？」

目を見ると冗談で言ったわけではないようだ。ここはなんて答えるべきだろうか。油断しているつもりはなかったのだけど、大将といいミランダといい、勘がいいというか洞察力があるというか。森の外って油断ならないなと改めて思った。

どうしたものかなと口ごもっているとミランダが話を続ける。

「まあ、別にいいけどね。大将が受け入れたってことは問題ないってことだからね。ちなみに私はこのトリ肉食べたことあるのよね」

「ちなみにそれってなんの肉ですか？」

「死使鳥よ、ある縁があってね、一度食べたことがあるのよ。大将が元ゴールドランクだと言っても、昨日今日で手に入るものではないから、そうなるとってことよ」

あー、ただ単に私が迂闊だったたってことかな？

「まあ、そうですね。内緒ということで、大将とアーシアさんには私の事情は理解していただいています。あまり広めたくないってことで一つお願いします」

「ふふいいわよ、ちょっとした好奇心みたいなものだから。でも困ったことがあったら相談にのるわ。今日のお食事が報酬代わりね」

「その時はよろしくお願いします」

内緒話を終えて戻ったところで、酔っている冒険者グループに絡まれた。

「エリーも村を抜け出してきた感じ？　ボクとミランシャも似たようなものなんだよ。エリーがどの辺りの村だったのか知らないけど、北の国は相変わらず酷いみたいだね」

ガーナの話を聞くに、やはりここより北の方にある街道の先は別の国になっているようだ。ガーナとミランシャは同じ村出身で、二人の場合は人買いに売られそうになったところを逃げだしたとのことだった。

二人は両親とある村で暮らしていたところ、魔物や盗賊の襲撃時に両親が亡くなったらしい。その後は孤児として村長に引き取られ、こき使われていたようだ。「エリーは可愛いからね。人買いに目をつけられる前に抜け出せてよかったね」と言われた。一応話を合わせて頷いてみたけど、勝手に組み上げられた設定にどう反応していいのか困る。

一方のサマンサは、この街出身で実家が商家ということだ。家の方はお兄さんが跡を継いで、その助けになるために冒険者になったらしい。まだまだ実家の役には立っていないけど、推奨ランクの高い魔物の素材を実家に卸すのを目標にしているようだ。

三人はミランダ経由でパーティを組むようになり、ガーナとミランシャは宿木亭を紹介されたのだとか。唯一サマンサだけは実家で暮らしていたのだけど、正式にパーティを組んだのを契機に宿木亭に来たようだ。

三人は最近ランクが上がり、そろそろ宿を移ろうかと思っているとも聞いた。宿の部屋は全部で四室あって、私が入ったことで空き室がなくなったことを気にしている。その話が聞こえたのか大将が両手にエールの入った樽(たる)を持って近寄ってくる。

「たかだかアイアンに上がったばかりのひよっこどもが遠慮してんじゃねえ。せめてシルバーになるまではここにいろ」

怒鳴るように言って、三人のジョッキに並々とエールを注いで戻っていった。なんていうか大将っていい人なのがよくわかる。ニヤニヤして見ていると「お前はさっさとランクを上げてとっとと出ていきやがれ」と睨まれた。はいごめんなさい。

　冒険者組三人と合流してきたミランダさんから色々ためになる話を聞けた。ウッドの間は朝早くに行って依頼を確保しないと、いいものから取られていくとか。初心者に手頃な装備を売ってくれるお店とか、後は避けた方がいい冒険者パーティなんかも教えてくれた。

　他には状態のいい古着が手に入るお店や、逆に近寄らない方がいい場所なども教えてもらった。大まかにこの街は東西南北の四区画に分かれている。といっても明確に塀などで分けられているというわけではなく、街の人がそう認識しているという感じだ。

　北区は冒険者ギルドやその冒険者に対して商売をする露店や屋台が並んでいる。南区はちょっとした高級品などを扱う商店とお高めの宿屋が集まっている区画になる。そして東には貴族街があって、教会や図書館などもそちらにあるようだ。最後に西区は職人街となってはいるものの、奥の方はあまり素行のよろしくない人たちのたまり場になっているらしい。西区の奥には近寄らないようにと言われた。そう言われると逆に気になるので、一度くらいはぶらついてみるのもいいかもしれない。

　この中で一番興味があるのは、図書館だろうか。大将が読んだという、魔女に関する賢者の予言。それが書かれている書物があるのかわからないけど、探してみるのもいいかもしれない。

　会話の途中でガーナたち三人からパーティに誘われたけど、私のランクはまだウッドなので入場税がかかる。なので街の外での依頼はまだ受けるつもりがないことを伝えた。まだ街に着いたばかりだし、先に街の散策をしたいというのもある。ウッドからランクが上がったら、一緒に依頼を受けることを約束させられた。私にとっても冒険者の実力を見るいい機会かもしれないので、前向きに検討はしておこうと思う。

みんな大いに食べて酔いが回ってきた辺りでお開きになる流れになった。ホクトとずっと戯れていたニーナも、眠くなったのか頭をフラフラさせている。

まずはアーシアとニーナが先に抜けだし。ガーナたち三人組も今日の依頼で疲れていたようなので、先に上がってもらった。ミランダとサーララは、ギースに送ってもらうようにお願いしておいた。ギースとサーララはずっと二人で飲み食いしていたけど、結構いい雰囲気だったのではないだろうか？　からかいがてら「結婚式には呼んでくださいね」と言ったら、二人とも顔を真っ赤にさせて「「ち、違うから」」と反論してきた。なにはともあれ、幸せそうで何よりだ。

「すまねえな、お前の歓迎会だというのに片付けを手伝ってもらって」

「いいですよー」

洗い物はちゃっちゃと魔法で洗浄して乾かす。

「おま、エリー。そういうのは人がいない時だけにしておけよ」

「大丈夫ですよ、ちゃんと見えないようにしていますから」

「はぁ、まあ好きにしろ。手間が省けて助かった」

「いえいえ、いいですよ。それより大将すこーしだけお願いがあるのですけど」

「なんかそんなこと言っていたな。あまり無茶(むちゃ)なことでないなら聞いてやる」

食器やジョッキを洗浄している時に思い出した。お風呂だよお風呂、中庭の方にお風呂を作らせてもらわないと。私の快適生活にはお風呂が欠かせないのです。

第三話　魔女、街を巡る

ん〜、いい目覚めの朝だね。外はまだ日が昇り始めたばかりなのか少し暗い。お腹にはまだ昨日の食事が残っている気がする。寝間着から服を着替えてローブを羽織ると階下へ降りる。

「大将にアーシアさん、おはようございます」

「おうおはよう、エリーか早いな」

アーシアは「おはようございます」とニコニコしながら口を動かしている。

「エリーさん、ホクトちゃん、おはようございます」

「ホォホゥ」

「ニーナちゃんおはよう、朝からお手伝いかな」

「はい、パパとママのお手伝いをしています」

「もう何この子、いい子すぎないですか」

ニーナちゃんに抱きついて頭をいいこいいこと撫でる。

「あははは、くすぐったいですよエリーさん」

「エリー、それくらいにしておけ、それで朝はどうする？　昨日の残り物でいいならすぐ出すが」

大将に襟首を摑まれ引き剝がされた。

「まだお腹に昨日の食事が残っている感じなので、朝は食べなくてもいい気がします。そういうわけで、できれば朝の分をお弁当にしてもらえませんか？」

「ホォホォホゥ」

「あっ、ホクトは朝食を食べたいらしいので、出してあげてください」

「まあいいが、たいしたものはできないぞ」

「料金は払いますよ」

「いらん、ホクトの分はおまけだ。エリーの弁当は朝の分と相殺とでも思っておけ。ちなみに弁当を持って何をするつもりだ」

「ちょっと今日はギルドで依頼を見てから、街の南と東を散策しようと思っています」

「そうか、わかった。少し待っていろ」

「それじゃあ待っている間に顔を洗いたいので中庭の井戸を借りますね」

大将の了承を得てから、身だしなみを整えるために井戸のある中庭に出る。井戸にはポンプが設置してあり、このポンプは大将がここの店を買い取る以前からあったようだ。誰が広めたのか知らないけど辺境にまで井戸ポンプが普通にあるのには驚いた。もしかすると、異世界特有の知識チートを発揮した人物がいたりしたのだろうか？　なーんて冗談交じりに考えたけど。魔の森近くにあった廃墟にはそれらしいものがなかったことから、あながち間違っていないのかもしれないなとも思えた。産業革命が起きたわけでもないのに、何千年となかったものが突如現れた……。そこまで考えて、顔を洗い歯を磨いてさっぱりしたところで考えるのをやめて中に戻る。

「ガーナたちはもう出たの？」

「あいつらか？　部屋から出てきていないからまだ寝ているだろうな。この調子なら昼過ぎまで起きてこないだろう」

「その心は？」

「あれだけ飲んでりゃそうなるってもんよ。何度か見ているってのもあるがな」

「大将も結構飲んでいた気がしますけど大丈夫ですか？」

「あの程度じゃあどうにもならねーよ。それよりも、弁当の用意はできているから持っていけ」

「ありがとうございます。それじゃあ行ってきますね」

「あっ、エリーさん、もしかして今から東区に行きますか？」

大将から弁当を受け取り出口へ向かっているところでニーナが私に近づきながら聞いてきた。

「ギルドに寄ってからになるけど図書館に行ってみようと思ってね」

「でしたらわたしも一緒に行っていいですか？　お昼過ぎから教会教室があるのでそれまでになりますけど」

「街を案内してくれるってこと？　そうだと助かるかな。というわけで大将、ニーナちゃんをお借りしてもいいですか？」

「むっ、エリーとニーナを一緒に……」

そんなに嫌そうな顔をしなくてもいいのに。

「パパ、だめですか？」

可愛らしくおねだりするように大将に向かって小首をかしげている。なんというか、あざとかわいい。

「ぐっ、わ、か、った。エリー、ニーナに怪我をさせるなよ」

「わかっていますよ。そうだ代わりにホクトを置いていきますね」

「ホゥ？」

「ほら、図書館に行くのがメインの目的だからね。多分図書館はペット禁止だと思うのよね」

「ホゥ」

ホクトは確かにといった感じで理解を示してくれた。

「大将、ホクトは置いていきますので、よろしくお願いします」

「ああ、まあいいだろう。アーシアもホクトを気に入っているようだからな。ほら、これがニーナの分の弁当だ」

大将から小ぶりのお弁当を受け取り、自分の分と一緒に収納ポシェットに入れる。ニーナが入る大きさじゃないお弁当とポシェットを見比べて目をキラキラさせている。そんなニーナに「内緒よ」とウィンクしてみせると、元気よく首を頷かせた。

「あれ？　もしかして最初からニーナちゃんに私の案内をさせるつもりでした？」

「まあな、今朝エリーが起きてくる前に、街の案内をしたいと言っていたからな」

「そうなのね。ニーナちゃんありがとうね」

頭をナデナデすると、くすぐったそうに笑ってくれる。

「おっと、そうだった。エリー、昨日のオークを出してくれ。ミランダと話はつけたから、後で解体してギルドに持っていく」

早速あのオークを売ってきてもらえるようだ。それにしても私が倒したとバレないように持っていくという話だったけど大丈夫なのだろうか？　死使鳥（ししちょう）のこともバレてしまっているから、オークのことも気がついていないわけではないだろう。

「ミランダさんってギルドじゃ結構上の立場だったりします？」

「まあそうだな、ほとんどのやつは知らんだろうが、ミランダはギルドのサブマスターだ」

めちゃ上の立場の人だった。そんな人がギルドの受付になんでいるのだろうかと疑問だけど機会があれば聞いてみようと思う。

「それじゃあ、あのオークは中庭の解体台の所に置いておけばいいですか？」

「そこに頼む」

「わかりました」

ニーナには待っていてもらい、急ぎ足で中庭に出て、解体台にオークの体と取れた頭をセットにして置いて戻る。

「それじゃあ、大将行ってきますね」

「おう、気をつけてな」

「はーい」

ニーナと手を繋（つな）いで宿木亭を出る。空は快晴、今日は暑くなりそうだ。

◆

ニーナと一緒にギルドに入ると、ギルドの中は既に人でごった返していた。受付カウンターでは、ミランダとサーララが受付業務をしている。二人とも昨日のお酒は残っていないようだ。

子どもであるニーナを伴ってギルドに入っても特に注目を集めることもないことに疑問を持ったけど、それもウッドランクの依頼が貼られている掲示板前を見ると解決した。

ウッドの掲示板の前には、五歳くらいから十代前半辺りの子どもが依頼書を手に持ち集まっていたからだ。つまりは同じ年齢層のニーナがいても目立つことはないわけだ。

さて、昨日の歓迎会で聞いたことなのだけど、ランクを上げるには別に同ランクの依頼をこなさないといけない、という決まりがあるわけではないらしい。どういうことかというと、常設依頼には、薬草の採集というのがある。これはブロンズランクの依頼で、街の外へ出て集めるというものだ。ここまで言えば大体察しはつくかもしれない。

まあ、ぶっちゃけちゃうと、そのへんの露店で薬草を買うか、協力者に譲ってもらうかして提出すればクリアになる。暗黙の了解的なものでもあるけど、それくらいの機転が利くなら問題ないだろうという感じらしい。ただし一定の年齢に達していないとランクは上がらないので、普通は使われない手ではある。なぜこんな話をしているかというと、収納ポシェットの中には魔の森産の各種薬草から毒草まで揃(そろ)っているからだ。つまり私自身は、いつでもランクを上げることができるということになる。

ちなみに、ウッドランクの子どもが街の外へ出て、街の中に戻る時に入場税が取られるかというと、お小言をもらうだけで実際は支払わされることはない。ではなぜウッドは入場税が必要かという話があるのかというと、身分証代わりに冒険者ギルドカードを作った人に悪用させないためだ。

身分証として使うにしても、街の出入りをするという目的なら、ウッドのままだと恩恵が全くない。他の街に移動した時も、シルバーまで上げないと入場税が取られる。まともに冒険者活動をしない人からすると、冒険者ギルド証は持っていても無意味なものということになる。

今日ギルドに来た目的としては、さっさとランクを上げてしまおうというのもある。あとは朝のギルドの様子や余り物以外の依頼にどんなものがあるかの確認するためだ。

まずはウッドランクから見てみる。ウッドの掲示板の前には、男の子のまとめ役と女の子のまとめ役が、それぞれに依頼を割り振っている。彼らが手に持つ依頼書と掲示板に残っている依頼書の内容は、溝浚い、作業手伝い、倉庫の整理、各区画のゴミ拾いに清掃といった、お役所仕事っぽいものがほとんどだった。

これはこの街だけなのか国の方針なのかはわからないけど、小さな子どもにも仕事があるって優しい国だなと思う。地球の更に日本の価値観からしたら、子どもに労働させるなんてと言われるかもしれない。ただこの世界では、子どもであろうと親がいなければ自分で食い扶持を得なければいけない。そんな子どものために、仕事を街ぐるみで出してくれているのだろう。

改めてウッドに集まっている子どもを見ると、一見洗濯はされているようだけど、ほつれがあったり、穴が空いてたりしている。ただし、どの子もちゃんと食事はできているようで栄養状況は良く見える。そのことから悪くない環境で生活はできているのだろう。

ウッド以降の依頼に関しては、昨日ミランダに説明してもらった通りの感じだった。あえて言うなら、ブロンズとアイアンの掲示板の前には、私の見た目と同じくらいの年齢の子が多い感じで、シルバーになると、青年から中年くらいの年齢層になっている。ただシルバーの中にも少数だけど十代に見える子もいるようだった。暫くニーナと掲示板を見ていたのだけど、まだまだ受付が空くことはなさそうに思えた。ここで空くまで待つのも時間の無駄なので、ニーナに街の案内をしてもらうことにする。手持ちの素材をギルドに提出してランクを上げようと思ったのだけど、今は時間が悪いようだ。ギルドが混んでいない時間に改めて出直した方が良さそうだ。

「エリーさん、どこか行きたい場所とかお店とかありますか？」

「そうだね、ニーナちゃんが普段行っているお店とか案内してもらえるかな？　後は行ってみたかったけど行けていない所とかでもいいよ」

「そうですね、じゃあお使いでお買い物をするお店を案内します」

「よろしくね」

まず向かったのは南区の商店が集まっているエリアだった。そこには街で生活する人たちのための野菜や果物が置いてある商店が並んでいる。どこか元の世界の商店街のような雰囲気を感じる。

「ニーナちゃんって普段買い食いとかしないの？」

「いつもお昼は家で食べるので屋台のものは買ったことはないです」

確かに大将のご飯を食べ慣れていると、外で食べようとは思えないかもしれない。これは大将の料理の腕が良すぎるのが悪いかもしれない。

「あっ、あの店に寄ってもいい？」

「調味料のお店ですね」

私の追い求めていた店を見つけた。これで塩を始めとした調味料が手に入る。やっと毒から抽出したものを使わなくて済むと思うと涙が出てきそうだ。今の私には毒が効かないし、毒の中にはすっごく美味しいものや少量なら薬になるものもある。だけどやっぱり毒は毒なので、精神衛生上よろしくない。それでも、魔の森の中だと手に入る調味料や香辛料は毒由来のものしかなかった。

そして私は、この世界に来て初めて散財をした。流石に手持ちのお金の半分がなくなるとは思わなかった。まだ余裕はあるけど、近々金策をしないと買いたいものも買えなくなる気がする。

流石に醤油や味噌はなかったけど、調味料だけではなくて香辛料の類も売っていたので手当たり次第に買ってしまった。中には見たことのないものもあったけど、色々試してみようと思う。

「ニーナちゃん、買い物に付き合ってくれてありがとうね」

「わたしも楽しかったです」

ニーナはニコニコと笑いかけてくれる。

「さてと、そろそろお昼だから、どこかでお弁当を食べましょうか。どこかいい場所はあるかな？」

「でしたら東区の教会近くに公園があるのでそこで食べませんか？」

「いいねー、そこへ行こうか」

ニーナに案内されて東区に入る。ニーナの話では東区の奥は貴族街になっていて、手前の方には比較的裕福な商人の屋敷などが並んでいるとのことだった。大通りには見るからにお高そうなお店が立ち並んでいて、路肩には馬車が停められている。そして大通りから脇道を覗いてみると、大体の屋敷の門には私兵が立っていて、それだけでもお金持ちの屋敷なのがわかる。東区は馬車の往来が多いことから、他の区画よりも道幅が広く作られている。確か東には出入りのできる門はないという話だけど、なんとなく緊急時には東区から直接城壁を越える手段があるように思えた。

「エリーさん、あそこが教会です。そしてあちらに見える青い建物が図書館になります」

東区の真ん中辺りに、大きな教会が立っていた。この街の教会はこの地域で一番勢力のある六神教のものだった。六神教とはそのまま六柱の神からなる宗教になる。

師匠の家で読んだ本の知識になるのだけど。この世界の神様は地神、水神、火神、風神、光神、闇神というように六つの属性を司っているようだ。この六神を祀っているのが六神教でそれぞれに権能があるのだとか。ただ不思議なことに、六神の名前が数百年のうちに何度か変わることがあるのだという。そういうわけで、誰も六神の本当の名前を知らないというおかしな宗教でもある。

それでも多くの人々に信仰されているのには理由がある。その一つが髪の色になる。茶、青、赤、緑、金、銀、大体の人が、それに寄った髪色をしている。髪色はその色に対する属性の親和性を表していることから、それぞれの色を象徴する六神と混同されているようだ。あとは私のような黒もあるけど、黒は全属性の合わさった色と言われている。中には黒の髪は六神の更に上に神がいて、その神が黒を象徴しているのではないかという話もある。

ただその考えを六神教は肯定も否定もしていない。そのことから更に六神教が繁栄する結果に繋がっているとも言える。他の宗教の神々も六神に連なる存在であり、排斥するものではない。そして六神の上にまた別の神々が存在するかもしれない、という考えらしい。だからか多くの国では六神教を国教みたいな扱いにして、六神教自体も政治には極力関わらないスタンスをずっと取り続けているようだ。

「あそこの木陰が涼しくて良さそうだね。あそこでお昼にしましょうか」

「はい」

教会の近くにある公園。日本のように、子どもの遊具があるタイプの公園ではなくて、いわゆる自然公園のタイプだ。公園の中央には噴水があり木々が等間隔に植えられている。貴族街ならではといえばいいのだろうか、お金をかけて人工的に作られたものなのだろう。

街の外に出れば、自然なんてそこら中にあるのにこういった自然公園なんて必要なのかとも思ったけど、外には魔物もいるので、需要はあるようにも思える。周りを見れば日陰に座って本を読んでいるご老人や、散歩をしている老夫婦などの姿も見えた。

私とニーナは大木の影に座り大将から渡されたお弁当を広げる。

「さすが大将、美味しそうだね」

「はい」

ニーナが元気よくニコニコとアーシアさんに似た笑顔を浮かべている。

ニーナと一緒に手を組んで、いつもの祈りの真似事（まねごと）をしてから食べ始める。

「味が染み込んでいて美味しい」

昨日のトリ肉の残りと、収納ポシェットに入れておいたためにシャキシャキのお野菜。煮卵にタコさんウィンナーと、大将が作ったにしては可愛らしいお弁当だった。渡された時点で少し冷めてはいたけど、それでも美味しい。デザートも付いていて、ウサギカットのリンゴだった。うん、まあ、何ていうか大将って本当に器用だと思う。食後はそのままニーナと並んで木にもたれかかる。

さわさわと揺れる木の音と、吹いてくる風が気持ちいい。

「ニーナちゃん、眠たかったら寝ていいよ。教会教室は一の鐘が鳴ってからで間に合うのよね？」

「はい、それで大丈夫です」

ニーナは大木に寄りかかり目を閉じた。さわさわと木の葉が揺れる音と風が心地いいのかニーナからは寝息が聞こえてくる。どうやら眠ったようだ。

今日ニーナと一緒に行動をしたけど、どうやら私に聞きたいことがありそうな感じだった。ただどう切り出していいのかわからないといったところだろうか。心当たりとしては二つ。一つはアーシアさんの声に関して。ただ私の素性を知らないはずのニーナが、アーシアの声に関して相談するというのはおかしい。そうなるともう一つの方になる。そのもう一つというのが、ニーナ自身のことだと思う。だけどそれはそれで、昨日出会ったばかりの私に相談というのがわからない。そこで思い出すのが大将の目だ。

私のローブに隠匿がかかっているのを見抜いた。ただ大将は言わなかったのだけど、それ以外の何かが見えていたのかもしれない。そしてそれがニーナにも見えた可能性がある。まあ、実際のところは本人に聞いてみないとわからない。

鐘の音が一つ鳴る。聞こえた方向を見ると、そこには六神教の教会が見えた。時間を告げる鐘は六神教の教会が鳴らしているのだろう。

「ニーナちゃん、起きなさい。時間だよ」

軽く揺するとあくびをしながら起き上がる。

「あっ、ごめんなさい、寝ちゃっていました」

「気にしなくていいよ。ニーナちゃんのかわいい寝顔が見られたからね」

「うぅ、はずかしいです」

ポシェットからコップを取り出して、白湯を注いでニーナに手渡す。

「眠気覚ましにそれを飲むといいよ」

「ありがとうございます」

私も自分の分を入れて、ニーナと一緒にゆっくりと飲む。

「ニーナちゃん、教会教室が終わるのはいつくらいになるのかな」

「えと、日によって違いますが今日は四の鐘が鳴る辺りになります」

「それなら、そのくらいにここで待っているから一緒に帰りましょうか」

「わかりました。終わったらここに来ますね」

「あー、ニーナちゃんだ」

「本当だー。ニーナちゃん、教会に一緒に行こう」

声が聞こえてきた方向を見るとニーナと同じくらいの年齢の女の子が二人いるのが見えた。あの感じからしてニーナの友達だろうか。

「あっ、セリナちゃんと、アリアちゃんだ」

急いで立ち上がったニーナに浄化の魔法をかけて服の汚れを取る。草の上とはいえ直接座っていたので少し服が湿っていた。

「いってらっしゃい」

「はい、行ってきます」

ニーナが駆け出していき、二人の女の子と合流して私に向かって大きく手を振り、教会に向かっておしゃべりしながら歩いていった。

「ニーナちゃん、あのおばさんだれ？」

お、おばっ、誰がおばさんだ、せめてお姉さんでしょうが！　と叫びそうになるのをこらえる。

そう、あの年頃の子なら、自分より年上の女性は全部おばさんに見えるものだ。きっとそうだ、私は十七歳だ。決しておばさんではない。

暫く呆然（ぼうぜん）と立っていたが、気を取り直して図書館へ向かうことにする。図書館は教会からほど近い場所に立っていた。開かれたままの両開きの鉄の門があり、門番などは立っていない。門をくぐり図書館の扉を軽くノックしてから中に入る。入ってすぐの所に受付があり入館手続きをする。入館料は金貨一枚。これは退館時に返してもらえる保証金のようだ。ただし本を汚したり破損させると、この入館料から差し引かれるシステムになっている。

この世界の本は羊皮紙の時代は数百年前に終わっていて、今は植物紙となっている。だけど活版印刷のような大量生産技術は未熟なようで、手書きの写本が未（いま）だに続いている。こういう辺境だと写本の写本の写本という感じになるのだと思う。

ここの図書館では自由に書き写したりしてもいいようだ。ちなみにお金を払えば写本をしてもらえるらしい。金額はページ数によってまちまち、イラストなどがあれば更に金額がかかる。ただそれでも依頼する人はかなりの数に上るようだ。

私の今日の目的は、この辺りの国のことやできれば世界情勢なども知りたい。ただそういう軍事的な情報や、政治的なものはきっと置いていないと思う。そもそも辺境の図書館にそういったものがあるとは思えない。仮に置いてあっても最近のものではないだろう。

そういうわけで、今日は魔女について調べてみようと思っている。大将が言っていた、賢者の予言について書かれていたという本があればいいのだけど。ちなみに大将は、二十年ほど前に王都の図書館で読んだと言っていた。早速受付の女性に聞いてみることにする。思っていたよりも蔵書の数があり、自分で探していたらきっと日が暮れてしまうだろう。

「あの、魔女についての本はどの辺りにありますか？」

「魔女ですか？」

「ええ、知り合いが昔読んだという、賢者が魔女に関する予言をしたことが書かれた本を探していまして」

「残念ながらここには魔女関係の原本や写本はないですね。王都の公営図書館でしたらそういったものもあったと思います」

「そうですか、ありがとうございます」

やはり王都に行かないとだめなようだ。魔女が住む魔の森の近くにある街の図書館ということで、魔女に関する書物があるかと思っていたのだけど。仕方がない、王都に行った時にでも改めて探すことにしよう。賢者の予言に関する本はないとのことだけど、子どもに読み聞かせる絵本があるとのことなので案内してもらった。

絵本の中身は大将に聞いた内容そのままな感じだった。悪いことをするとどこからともなく魔女が来て拐(さら)われるという教育的な感じのものだ。大将が言ったような魔の森から魔女が出てきてというのは多分魔の森周辺に住む人たちがアレンジした話なのだろう。だってあの引きこもりの師匠が、魔の森から外に出たのなんて、私の知る限り百年に一度くらいしかなかった。

絵本以外にも魔女関係のものを探してみたけど、どうやら本当にあるのはこの絵本だけのようだ。仕方がないので適当に回っていると、面白いものを見つけた。それは、とある街の領主の手記の写本というものだった。写本をした人の前書きによると、内容は全くわからないとのこと。

それはなぜかと思ったけど、表紙を開いた見開きの文字を見て理由がわかった。そこに書かれていた文字はどこからどう見ても日本語だったからだ。どうやら私と同じように、この世界に迷い込んだ人がどこかの領主になり、その人の日記が写本という形でここに置かれることになったのだろう。

どうしてこんなものが街の図書館にと思わなくもないけど、気になったので早速流し読みしてみた。内容はまさしく日記そのもののようで、赤ん坊として転生した頃からの半生が書かれていた。

軽く日記の内容を説明すると、この日記を書いた人物は田舎貴族の子として生まれた。

つまりこの人は、この世界に落ちた私と違い、魂だけがこの世界に流れ着いたいわゆる転生をしたということだろう。更に私と違う部分としては、神様と出会ったようだ。どうやら私のような転移者もそして日記の主である転生者も、元の世界からこちらの世界に来たものは、膨大な魔力を有するらしい。そして、転生者である彼の魂は、そのままだと魔力が多すぎて新たに肉体を得たとしても母子共に亡くなることになると説明されたようだ。

その問題は神の力で膨大な魔力を別の形に変換することで解決し、無事に転生を果たしたらしい。その別の形に関しては書かれていなかったのだけど、こういったもののお決まりとしてチートスキルとかそういった感じのものなのはわかる。

私は転移者だからか、神と会っていない。この日記の主が書いていることが本当なら、この世界には偶像ではない神を名乗るものが存在するのだろう。もし仮に今の私の前に神を名乗るものが現れて、魔力を犠牲にチート能力が貰(もら)えると言われても断りますけどね。

続けて日記をパラパラと流し読みしてわかったことは、百年くらい前にこの世界に赤子として転生したこと。貰った能力を隠していたら無能の烙印(らくいん)を押されて家を追い出されて旅に出たこと。追い出されたことによりこの国にたどり着き、能力を使って成り上がったこと。といった感じで異世界転生ものにありそうな人生を送ったようだ。

最終的には辺境の領主となり余生を送っているところで日記は終わっていた。ちなみにどこの領主かというとダーナという辺境の街らしい……。どこかで聞いたことがある名前だなと思ったら、この街がそのダーナだった。いやーなんて偶然なのかな？　流石に百年前に迷い込んだのなら本人は既に百歳を超えている。普通なら生きてはいないだろう。

ただし、私のように不老を手に入れている可能性もあるので、もしかするとまだ生きている可能性もなくはないのかな？　少し興味が湧いたので、そのうち調べてみようと思う。日記の奥付に書かれている名前はケンヤ・ダーナとなっている。アーヴルにでも聞けば詳細がわかるかもしれないので、時間がある時にでも聞いてみようと思う。

色々気になる箇所もあったので、後で読み直すために魔法でこそっと複製しておいた。私のオリジナル魔法、ズバリ本の複製。こういう本などの複製にはすごく便利。ちなみに生物には使えないので、本に虫が付いていても複製されないわけで、かなり便利な魔法に仕上がったと思う。

他にも気になる本を、受付の人にバレないように複製して収納ポシェットに入れていく。写本をしてもいいのなら、バレても怒られはしないと思うけど念のためだ。それにこれは魔術ではなくて魔法なので、人には知られない方がいいだろう。

そうしているうちに四の鐘がかすかに聞こえてきた。ニーナとの約束の時間なので急いで公園に戻らないと。受付に戻りお礼を言って金貨を返してもらう。

「お嬢さん、魔女のことを調べているの？　魔女と言えばナーシャ、依頼を出していた写本の中に一冊かなり古い時代のものがなかったかしら？」

「あー、あったかもしれませんね。少しだけ待ってもらっていいかしら。きっとまだ表に出していないものだと思うから探してくるわ」

「あの、興味はあるのですけど、今日は急いでいるので今度来た時でいいですか？」

「あらそう？　それじゃあ表に出さないでこのまま置いておくわね」

「そういうことをしてもいいのですか？」

「いいですよ。元々裏に置きっぱなしにしていたものだからね」

「それではお願いしてもいいですか、えっとナーシャさんと――」

「私はマリアよ、よろしくね」

「私はエリーといいます。よろしくお願いします。ナーシャさん、マリアさん」

今、本を渡されてもこっそり複製できないし、急いでいるのも本当だ。ただ、この二人からはそれ以外にも、私を引き止める理由があるように思えた。

◆

「ねえ、今の子のことどう思った？」

「どうって、貴族の子女じゃないの？　着ていたローブも汚れはなかったし、中に着ている服もきれいだったわよ」

「そうよね、でも私あの子のこと全く知らないのよね」

その言葉を聞いて私は驚いた。ナーシャはこの街の貴族をその親から子まで全て記憶している。それが仕事でもある。

「それじゃあ商人の娘とか？」

「商人ならローブは着ないと思うけど、貴族じゃないとしたらそうとしか思えないわね」

「近いうちにこの本を見に来るみたいだから、その時までに調べてもらうしかないでしょうね」

手に持つかなり古い時代の魔女に関する写本を振ってみせる。中身を軽く見てみたけど数百年前に書かれた魔の森に住むと言われる魔女についての物語だった。さっきの子が探していた本とは違うけど、数少ない魔女関連の本なので興味は持ってくれると思う。

「先代さまの方には私が連絡しておくわ。マリアは念のためあの子のことを探ってもらえるようにお願いしてきてもらえるかしら」

「わかりました。先代さまの依頼として暗部にお願いしておきますね」

「ええ、それでいいわよ。それじゃあ見回りをして、五の鐘に帰れるように準備をしましょうか」

そう言ってナーシャは図書館の中を見回りに行く。私は入場者の欄をチェックして残っている人がいないか確認していく。私とナーシャはこの図書館の管理を前領主さまである先代さまに頼まれてしている。目的はここに密（ひそ）かに置かれている、先代さまの手記の写本に興味を示す人物を探すためだと聞いている。それ以外の詳細は聞かされていない。

その手記なのだけど、私もナーシャも知らない文字で書かれていて、読むことができなかった。

そしてそんな手記をあの子が読んでいることに気がついた。ぱらぱらめくり、時には手を止め、あたかもそこに書かれている文字が読めているような行動。

結局すぐに棚に戻したので、実際は読めていたのかどうかはわからない。そのことを、直接聞くわけにもいかないので、あの子の素性を調べることから始めるしかない。それにしても先代さまはなんでそんなことをしているのかしらね。

そんな疑問を抱きつつ翌日図書館に入ると、先代さまから一つの指示書が届いていた。その指示書には、再び少女が訪れるのなら、その人となりや気性を探るようにとなっていた。

「次にあの子が来たら、親切にして仲良くなればいいかしらね？」

「とりあえずは、仲良くなる一環として魔女関連の書物でも探しておきましょうか」

私とナーシャは記憶を頼りに、少しでも魔女のことが記された書籍を探し始めた。

第四話　魔女、弟子を取る

「エリーさん、お待たせしました」

「今来たところだから大丈夫だよ」

まるで、待ち合わせをしていた恋人のような会話を交わす。そういう会話を実際にしたことがあるかどうかはご想像におまかせします。

「それじゃあ帰りましょうか」

「はい」

ニーナと並んで歩き出す。ニーナがたまにちらちらと私の方を見てくるが、気がつかないふりをしておく。東区中央広場に出て、宿木亭のある方向に進む。

「エリーさん」

「何かな?」

「えと、その、少し相談したいことがあるのですけど」

ニーナからは緊張している様子が伝わってくる。

「私でいいなら話を聞くわよ。とりあえずどこかのお店に入る?」

「帰るのが遅くなるとパパとママが心配するので、夜にお部屋に行ってもいいですか？」

「それじゃあ、私から大将にニーナちゃんと一緒に寝るってお願いしましょうか」

「いいですか？」

「いいよー」

ニーナの頭を撫(な)でると、緊張がほぐれたのかくすぐったそうに笑った。夕方に近づいてきたために人通りの多くなってきた大通りを抜け、宿木亭にたどり着いた。

「大将、ホクト、ただいま」

「おう、ニーナお帰り。エリーもお疲れさんだな」

「ホウホウ」

「ホクト、寂しくなかった？」

「ホゥ」

全く寂しくなかったらしい。それはそれでなんだか切なくなる。

「ニーナちゃんは手を洗ってきなさい」

「はい、いってきますね」

ニーナは可愛(かわい)く返事をすると厨房(ちゅうぼう)に入っていった。

「それでなにか収穫はあったか？」

「賢者の予言ってことなら外れでしたね。やっぱり王都の図書館じゃないとだめみたいです」

「そうか、それは残念だったな」

「ですけど、代わりに面白いものは見られましたから、行ってよかったです。それよりも大将、昨日の話考えてもらえました？」

「風呂か……。俺はかまわねーと思うが、ガーナたちにはなんて説明したものかと思ってな」

「あー、確かにそれがありますね」

「まあいいだろう。どう説明するかはエリーに任せる」

「言質(げんち)は取りましたよ。本当に作っちゃってもいいですね？　作っちゃいますよ」

「いいが説明はエリーがしろよ。俺は知らんからな」

「任せてください。作っている間だけ、誰も中庭に来ないようにしてください」

「わかった、任せておけ」

　大将の許可も下りたことだし、ガーナたちが帰ってくる前に作ろうと思う。まずは排水から始める。井戸の周りにはちゃんと排水設備はあるのだけど、これだとちょっとばかり大きさが足りない。そのために魔法を使い排水パイプを拡張しておく。そして拡張した排水パイプは中庭の四隅まで地面の中を這(は)わせて、四隅の排水パイプに繋(つな)げることで、お風呂から溢(あふ)れだしたお湯にも対応できる。

　次に浴槽の位置をどうするか。井戸の近くだと井戸を使う時に邪魔になるかもしれない。色々な条件を吟味した結果、浴槽は厨房側に作ることにする。邪魔にならないように厨房から井戸まではまっすぐ通れるように作るつもりだ。

「ふんふんふーふふー」

収納ポシェットから木材を取り出して加工していく。この木材はひのきに似ていて、防菌に防アリ防ダニ効果がある。そして消臭効果もあるので大将にはいいと思う。いや別に大将が臭いってことじゃないよ。魔物の解体とかしたら体や髪に臭いが移ったりするから、なんとなくちょうどいいのではないかなと思っただけで、他意はありません。

続いては、地面に長方形の穴を開けて、加工の済んだ材木を使い浴槽を完成させる。お風呂の底の隅に穴を開けて、魔法でパイプを作り排水口に繋げる。余った木材で、すのこと桶を作ることに利用させてもらった。

続いては、先ほどとは違う木材を使って屋根を作る。屋根を作っておけば雨の日でもお風呂に入ることができる。ついでに井戸にも屋根を作っておく。これで雨降りの時も濡れずに井戸を利用できるようになる。ちなみに、この屋根に使った木材は、防腐効果と水を弾く効果がある。

そして最後は、あの屋敷から拝借してきた魔石の設置台を置いて完成になる。

おっと、忘れるところだった。仮に厨房から中庭に出てきたとしても、覗かれないようにちゃんと目隠しを作っておく。これで完成だ。早速大将に報告するとしましょうか。

「大将完成したよー」

裏口から厨房への扉を開けて、大将に向かって一声かける。

「おい、バカ、ちゃんと周りを見てから声をかけろ」

「あっ」

どうやらガーナたち三人が、ちょうど帰ってきたところに遭遇したようだ。

「ん？　エリー、何が完成したの？」

「あー、あはは」

とりあえず笑って誤魔化(ごまか)そうとしたけど無理そうだ。

「俺はもう知らん。エリーがなんとかしろ」

大将は早々に私に丸投げして、厨房で料理の続きを再開した。

どちらにしても明日の朝には、井戸を使う時にバレると思う。そういうわけで、元々真剣に誤魔化そうとは思っていなかった。いわゆる、どうにでもなーれの精神というやつだ。

「なんて言ったらいいか……。とりあえず見てもらった方が早いと思う。それと大将も共犯者ということで、諦めてアーシアさんとニーナちゃんを呼んできてくださいね」

「エリー、俺を巻き込むな」

「許可を出した時点で同罪ですからね。まあ別に悪いことをしたわけじゃないからいいでしょ」

「はぁ、もう知らん。誰でもいいから入口を閉めておいてくれ」

「大将、貸し切りの看板下げておけばいい？」

「それでいいぞ」

ガーナが入口に走っていき、扉の外に貸し切りの看板を下げて扉を閉めて鍵をかけた。

「ホクトも行くよ」

「ホゥホゥ」

ニーナと戯れていたホクトがバサバサ飛んできて、私の頭の上に止まる。

「ホクト、別にそこでもいいけど爪は立てないでね」

「ホゥ」

ホクトを頭に乗せたまま厨房に戻る。

「そういうわけで、中庭に行こうか。それとも先に部屋で着替えてくる？」

「そうしたいところだけど、大将にお湯を貰いたいかな」

「そうですわね。着替える前に体を拭きたいですわ」

「体を拭くお湯だな。後で用意してやる」

大将は料理がちょうど終わったのか、調理場の火を消してエプロンで手を拭っている。

「それで結局何があったの？」

「まあ、中庭で説明するから移動しようか」

私を先頭に、大将とアーシアとニーナが続き、その後ろをガーナたち三人がついてくる。

「えっと、驚かないでくださいね？　苦情はぜひ大将へお願いします」

「いや普通にエリーが主犯だからな、苦情はエリーに言ってくれ。俺もまだ見ていないからどうなっているのか知らん」

「ふふん、見て驚いてください」

ぞろぞろと厨房から中庭に出る。当たり前だけど、目隠しの壁が見えるだけでこの時点では、壁が邪魔だなという感想しかない。大将が「お前な」という視線を向けてくるが気づかないふりをしておく。目隠しの壁からぐるりと裏に回ると私が作った屋根付きお風呂がお目見えする。大将は頭をガシガシと掻いて諦めたようにため息をついている。

「なにこれ、なにこれ、なにこれ」

「お風呂ですわね。わたくしの実家のよりも立派な気がしますわ」

「大衆浴場の小さい版ってことでいいのかな？」

ガーナ、サマンサ、ミランシャの反応がこうである。

アーシアは少し困った表情を浮かべている。だけど、ニーナの頭を撫で続けていることから動揺しているのかもしれない。

「エリー、お前またとんでもないものを作りやがったな」

「どやー」

「褒めてねーからな」

褒めていなかったらしい。

「このお風呂の使い方を説明したいので、アーシアさんとニーナちゃんと私の三人で入ってみませんか？」

「アーシアとニーナがいいなら好きにしろ」

「どうですかアーシアさん、ニーナちゃん」

「わたしは入ってみたいです。ママとも一緒に入ってみたいです」

アーシアがニーナの言葉を受けて頷く。

「アーシア、エリーがニーナに変なことをしないように見張っててもらえるか？　俺は晩飯の用意をしておく」

「それじゃあアーシアさんとニーナちゃんは着替えを持ってきてください。戻ってきてからお湯の出し方とかを説明しますから」

アーシアは頷いてニーナと着替えを取りに行った。その間に魔石を取り出し設置台に置く。置いた魔石に指でお湯出しの魔文字を書く。魔力を注入するとすぐにお湯がドバドバと浴槽に流れるので、それはアーシアが戻ってきてからでいいだろう。

「いや、まって、なにこれ、どうしたの？　朝にはなかったよね、エリーが作ったの？　どうやって？　なにこれなにこれ」

ガーナは大混乱である。

「えっ、魔石？　すごく大きくない？」

ミランシャも混乱している。

「魔術ではなくて魔法？　魔石に直接魔文字を刻んでいますの？」

サマンサは困惑しているみたいだ。

「まあその辺りはどうでもいいでしょ。まずはアーシアさんとニーナちゃんとで使うので、その後にでも入ったらいいと思うよ」

「私たちも使っていいのですか？」

「いいでしょ、宿の設備だし大将も嫌とは言わないと思いますよ」

サマンサがいち早く正気に戻ったところで、アーシアとニーナが戻ってきた。私たちがお風呂を使うということで、一度宿の中に戻ってもらうことにした。サマンサに混乱中の二人を連れていってもらう。とりあえず、このあと質問攻めをされるであろう大将に合掌しておこう。なむー。

「おっと、着替えを置く場所がなかったね」

ささっと木材で服置き場と服を入れるかごを設置する。アーシアに棚とかごの説明をして、そこに着替えを置いてもらう。ニーナとアーシアに説明をするために、魔文字の掘られた魔石に手を置いて魔力を注ぎ込むだけで、ちょうどいい熱さのお湯がドバドバと溢れ出す。魔力を止めて魔石から手を離すと湯が止まる。アーシアとニーナにも同じことをしてもらうことで、お湯の出し方を学んでもらった。

いい感じにお湯が溜まったので魔石から手を離す。

「こんな感じですね。使い方はわかりましたか？」

アーシアが驚いたような表情をしていたけど、首を振り諦めたような表情を浮かべている。そうそう、人間諦めが肝心ですよ。服を全部脱いでかごに入れる。服を洗うのは後でいいでしょう。

ニーナとアーシアにも、桶を使ってまずかけ湯をするようにと教える。アーシアとニーナは最初恐る恐るという感じでお湯に入ったけど、一度お湯に浸かった途端お風呂の虜になったようで気持ちよさそうにしている。

私はポシェットから洗髪液と液体の石鹸を取り出して、アーシアに説明しながらまず自分で使ってみせる。洗い終わるとお風呂に入り交代する。アーシアとニーナが使い慣れない洗髪液と石鹸に困惑しながらも、洗い終わる頃には汚れがずいぶん落ちてさっぱりとした表情を浮かべていた。

「はふぅ、エリーさんお風呂ってすごいですね」

「そうでしょう、お風呂のない人生なんて考えられないからね」

「すごくスッキリした気分になりますし、体がふわふわしてすっごく心地いいです」

「うんうん、お風呂仲間ができて私も嬉しいよ」

この街には公衆浴場というものがあるらしいのだけど、ニーナは行ったことがないとのことだった。宿木亭には井戸があるので、お湯を沸かせば大きめのタライで体を洗うことができる。そのために公衆浴場には行く必要がなかったようだ。あと公衆浴場という名前だけど、その実はサウナのようで、たっぷりのお湯に入れるというわけではないみたい。

二日ぶりのお風呂を堪能して三人であがり、魔術を使うふりをして魔法で体と髪を乾かす。風邪を引かないように乾いたところで服を着てもらい、ニーナにはガーナたちを呼んできてもらう。ガーナたちにもお風呂の使い方を説明しないといけない。

一度使ったお湯を捨てておく。アーシアがもったいないというような表情を浮かべているが、お湯を溜めるのを実践してもらうのがいいだろうからあえてそうした。アーシアにはガーナたちが来る間に軽く魔石について説明をしておく。

私が加工したこの魔石は人の魔力を吸収して、その魔力を使い温水を放出する効果があること。ある意味、魔道具と同じようなものと説明したら理解はしてくれたようだ。基本的に魔道具に使われる未加工の魔石は、充電池のようには魔力を補充できないので使い捨てになっている。魔石は魔力が減るとその色が薄くなっていき、最後には無色透明となり空気中に溶けるように消える。

一方私の加工した魔石は、魔石自体が内包する魔力を使わずに魔石の状態を維持することに使われている。そのおかげで、魔石が消滅することはないので魔石を入れ替える必要がない。そして魔文字を刻むことで、魔力を流している間は魔文字に沿った効果を発揮できるようになる。

つまり未加工の魔石は使い捨ての電池。私の加工した魔石は電気の代わりに人の魔力を電源としているものとでも思ってもらえればいいだろう。

あと魔文字がどういうものかについて例えを出すとすると、魔道具が既に書き込みがされた本だとすると、私の魔石は真っ白なノートだと思ってもらえばいいかもしれない。本の場合は中身を書き換えることはできないけど、真っ白なノートになら小説を書いてもいいし、イラストや漫画を書いてもいい。書いたものによって中身が変わるといえばわかりやすいだろうか。

ガーナたちがやって来たところで、アーシアとニーナにした説明を繰り返す。実際に魔石に触れてもらい、交代でお湯を出してもらう。あとは洗髪液と液体石鹸は適量を使うようにと言って、わからないことがあったら呼んでもらうように言っておく。サマンサの実家には小さいながらもお風呂があるということなので、後は任せることにした。使用後は大将が入ると思うのでお湯は捨てておくように言っておく。

「いやー、お風呂はやっぱりいいものだね」

「ホゥホゥ」

ホクトも二日ぶりにお湯に浸かれてご満悦のようだ。

「おいエリー、アーシアとニーナの髪がすごく輝いているんだが何しやがった？」

「何しやがったって人聞きの悪いこと言わないでくださいよ。ただ私が作った洗髪液を使っただけですよ。どうですかアーシアさん、すごくきれいだと思いません？　惚れ直したのではないですか？なんなら今日はニーナちゃん預かりましょうか？」

「おま、なに言ってやがる……、あーそのなんだ、ニーナのこと頼んでいいか？」

そう言う大将の表情は先ほどまでと違い真剣だ。その目は切実に何かを訴えてかけているようにも見える。

「わかりました。ニーナちゃんは今晩お預かりします。それと大将もちゃんとお風呂に入ってきれいにしてくださいよね、アーシアさんに嫌われちゃいますからね」

「お、おう、いや、そうじゃない。ニーナのこと気づいているんだろ?」

「まあそうですね。それに実は相談したいことがあると言われています。元々今晩、ニーナちゃんをお借りして一緒に寝るつもりでしたから」

「なら改めてよろしく頼む」

大将が真摯に頭を下げてくる。

「私と大将の仲じゃないですか、遠慮は無用ですよ」

「あのな、俺とエリーはまだ知り合ったばかりだろうが」

「そうでしたっけ? まあ色々な面で共犯者ですからね」

「はぁ、確かにお前とは数年来の友人のような、同年代いや、年上を相手にしているような気になるからな。エリーお前、歳(とし)を偽ってねえか?」

「なにを失礼な、女性に年齢の話は禁句ですよ。それに私は永遠の十七歳ですからね」

「永遠のってお前それって、なんとなくそんな気はしていたが、さすがは魔女の弟子ってところか」

「そういう大将の察しのいいところとか好きですよ」

「お前に好かれてもな。ニーナには変なことするなよ」

「それはもう、安心して任せてください」

というわけで、両親公認のもとニーナを部屋に誘うことができるようになった。

「ニーナちゃん、大将に許可を貰ったから寝る用意ができたら部屋へおいで」

「はーい」

暫くして三人組が戻ってきたので、大将が用意してくれた料理を食べる。その間に大将にはお風呂に行ってもらった。お湯の出し方や石鹸などの使い方の説明はアーシアに任せておく。

「ねえ、エリーって本当は何者なの？」

食事中にガーナがストレートに聞いてきた。

「ねぇエリー、あの石鹸ってすごいね。お肌がツルツルになるのもそうだけど、ちょっとした怪我まで治ったよ」

「ん？　怪我が治ったの？　ただ汚れていただけじゃなくて？」

どういうことだろう、確か普通の液体石鹸だったはずだけど。珍しく毒草を使わない植物由来の材料だけで作りはしたけど、傷を治す系のものは入れていなかったはず。

「ほらここ、森に入る時に枝で軽く切っちゃったのだけど傷一つないでしょ？」

そう言って差し出された腕には確かに傷一つない。ただそもそも元から傷があったのかは判断できない。んーと首をひねっていると、あることを思い出した。急いで立ち上がり、お風呂へ駆け込む。そこには全裸の大将がいたが無視。いや、まあ、服の上からでもわかっていたけど引き締まった体に割れた腹筋。石膏像にしたらさぞかし見栄えがいいだろう。

「おいエリー、急に入ってくるな！」

大将はそう叫ぶとお湯に飛び込んだ。それを無視して私は液体石鹸の入った容器を手に取り、中身を少し手の上に出す。後ろから私を追ってきたのかガーナたちがやって来て、大将がお風呂に入っているのを見つけて「「きゃー」」と悲鳴を上げて目隠しの後ろに逃げていった。

「なあ……俺は悪くないよな？」

そんなつぶやきが聞こえてきたが再度無視。液体石鹸を軽くこすり、舌で舐める。ああ、これはあれだ、かなり昔に作った失敗作だ。

そう、あれは五十年ほど前のことだ。当時師匠の所には、私以外に弟子が一人いた。彼女は自力で魔の森を越え師匠の家にたどり着いた。そして師匠に願いを伝え弟子になった。よく勘違いされるのだけど、願いの魔女と呼ばれている師匠は直接願いを叶えるわけではない。師匠がやることは、願いを持つ者にその願いを叶えるための手助けをするというものだ。

私の妹弟子である彼女の願いがどういったものだったかは知らない。だけど彼女は自らの願いを叶えるため、師匠の弟子となり薬学を学んだ。元々彼女には薬学の素養があったことから、彼女の願いは薬学の延長線上のなにかだったのかもしれない。

結局最後まで彼女の願いを知ることはなかった。さてここからが本題になる。この液体石鹸を作ることになった理由なのだけど、その薬学に関係している。薬学というのは、自らの手と指で正確に材料の分量を量らないといけない。秤などで量ればいいと思うかもしれないけど、いちいち量っているわけにもいかないものもある。素手で薬草をすり潰したり、毒草をちぎったりすることが多い。

その結果、彼女の指や爪は黒く染まっていた。ここまで言えばわかるだろうけど、それをどうにかしようと彼女と共に試行錯誤してできたものの一つがあの液体石鹸になる。材料は液体石鹸に上級回復ポーションを入れたものだ。結局は若干の効果は見られたが、ほとんど効果がなかった。

そのために、それ以上の実験をすることもなく収納の肥やしになっていたわけだ。よく考えればわかることだけど、上級ポーションが入っているのなら傷が治るのも納得といえる。

「エリー、いい加減出ていってもらえないか？」

「あっ、お邪魔しました」

とりあえず目隠しの裏に移動して、そこにいたガーナたちと一緒に食堂に戻る。

「エリー、結局何だったの？」

「うん、ガーナの傷が治った理由がわかったかな」

「そうなんだ」

食べかけだった食事を再開しながら話をする。

「あの液体石鹸だけど、あれにはポーションが混ざっていたわ」

「ポーション？　ポーションってあのポーション？」

「あのポーションが何のポーションかはわからないけど、錬金術で作るポーションだね」

「つまりは希少なものということですわね」

まあ上級ポーションは希少といえば希少かもしれない。

「そうなるのかな？　まあ、そういうわけであの液体石鹸を使えば傷が治るわ。ただしどれくらいまでの傷が治るかはわからないから、むやみに当てにしないようにね」

「そんな貴重なものを使っても良かったのかな？」

ミランシャがこわごわと聞いてくる。

「まあ作ろうと思えば作れるし問題ないよ」

「えっと、もしかしてあれはエリーが作ったの？」

「そうなるね」

「エリーってもしかして錬金術師なの？」

「そうだよ」

実際は、魔術師であり、魔法使いであり、錬金術師であり、薬師であり、魔女でもある。

「そうなんだ、すごい」

「そういうわけだから、あの液体石鹸は好きに使っていいよ」

「あれもいいけど、髪がさらさらになるやつもいいよね」

「わかっていると思うけど、洗髪液も液体石鹸も内緒にしておいてもらえると助かるかな」

「どうして？」

「出所が私って知られたくないからかな。同じものを作れはするけど、結構大変なのよね。自分たちで使う分にはいいけど、知らない人のために作ろうとは思えないほどに材料も必要だし。仮に大金を積まれても嫌と思えるくらいにはね」

ガーナたちの反応を見ていると、ポーションが高価なものだということは流石にわかる。そのポーションが入った液体石鹸が広まると面倒なことになるのもわかる。急にガーナたちの肌や髪がきれいになったことを聞かれた時はうまく誤魔化してもらうようにお願いしておく。

「わかったよ、聞かれても内緒にしておく」

「わたくしもですわ」

「私も内緒にしておくね」

私の作りたくないという反応を見て、三人とも納得してくれたようだ。

◆

「エリーさん、お待たせしました」

ガーナたちは既に部屋に戻っている。私は大将たちが食事を終えるまで、食堂で食後のお茶を飲みながら図書館で複製した本を読んでいた。そして今、食後の歯磨きを済ませたニーナがやって来たところだ。

「大将、ニーナちゃんをお借りしていきますね」

「パパママ、おやすみなさい」

「おう、ニーナお休み」

大将とアーシアがニーナに気づかれないように頭を下げてくる。私もニーナに気づかれないように頷きを返す。ホクトの乗っている杖(つえ)を手に取り、階段を上がり一番奥の部屋の鍵を開けて中に入る。部屋の中は真っ暗なので魔導ランプをつけて部屋を明るくする。

「入っていいわよ」

「お邪魔します」

収納からホクト用の宿り木を取り出して机の上に置く。ホクトが杖から宿り木に移動するとうつらうつらとし始めた。さてと、どう切り出すべきか。そもそも出会ったばかりの私になぜ相談をしようと思ったのかが気になる。

「さてと、ニーナちゃん、面白いものを見せてあげる」

私は指を一本立てて魔法で灯(あか)りを作り出す。

「エリーさん、それは魔術ですか?」

「違うよー、これは魔法だよ」

「魔法ですか? 魔術とは違うのですか」

二人並んでベッドに腰を下ろす。

「ちなみに、魔術で同じことをするとこうなるわ」

指をもう一本立てて呪文を唱える。

「光よ」

指先に魔法と似たような光が並んで出現する。

「こっちが魔術。ニーナちゃんには違いが見えているよね」

指を振って二つの光を消す。

「な、なんのことですか」

びくりと肩を震わせて視線を下に向けている。

「いつからなのかはわからないけど、大変だったね」

私はニーナの頭を抱えるように抱き寄せ、ゆっくりと背中を撫で続ける。そうしているとニーナは私の胸元に顔を埋めて肩を震わせだした。

「うっうぅぅぅあぁぁぁぁ」

部屋の外にニーナの泣き声が漏れ出さないように結界を張る。ニーナが落ち着くまで背中をぽんぽんとして頭を撫でる。洗髪液のおかげかニーナの金色の髪はサラサラしている。

「ぐずっ、ごめんなさいエリーさん」

ハンカチを取り出しニーナの目元を拭ってあげる。

「大丈夫？　落ち着いた？　怖かったのよね。他の人には見えないものが見えることが。大将やアーシアさんにも相談できなかったのよね」

「はい……」

こっちにおいでと言ってニーナを隣に座らせて、落ち着かせるために頭を撫で続ける。

「ニーナちゃんの見えているものって私にも見えるのよね。ニーナちゃんはそれに気がついたから私に話をしてみようと思った。違う？」

「違いません」

なんとなくそんな気がしていた。ただどうしてそう思ったのかがわからない。

「どうして私が他の人と違って、ニーナちゃんと同じものが見えていると思ったのか教えてもらえるかな？」

「えと、エリーさんの目の色が変わる時があったので。もしかしたらそうなのかなと思いました」

「目の色かー、普通はわからないものなのだけど。ニーナちゃんには見えたのね」

私は少なからずニーナが私の目の色が変わるタイミングがあるのを見ることができたことに驚いた。私自身もニーナの目が特別だと思った理由が、時々ニーナの目の色が変わる瞬間を見たからだ。つまりニーナの目は鍛えれば私と同じ世界を見ることができるようになるということになる。

「ニーナちゃんのその見えないものが見える目はね、実はすごいものなのよ」

「そうなのですか？」

「うん、そうだよ。一般的には魔眼や魔力視なんて呼ばれることもあるね。その力を極めれば世界の本当の姿を見ることができるようになるわ。後はそうね、さっき見たような魔法を使うのにも必要だし、錬金術師にとっては誰もがほしがる能力になるわ」

「魔法に錬金術師ですか？」

ニーナは首を可愛らしくかしげる。可愛いので頭をなでなで。ニーナがくすぐったそうに笑う。

「特に錬金術で何かを作る時には重宝する力だね。ちなみにニーナちゃんの目の力は大将から引き継いだものだと思うよ。ただ、大将よりも能力は上だけど」

「パパも持っているのですか？」

「そうだよ、大将は私の着ているローブが変だと見抜いちゃったからね」

大将は私のローブにかけられている隠匿の効果を見抜いた。といっても何らかの魔術がかけられているのがわかる程度だったようだけど。今のニーナの見る能力は大将よりも少し上といったところだろうか。ただニーナの場合は、あえて見ないようにする方に注力していたために、私のローブに違和感を覚えなかったのだと思う。

「ちなみに、大将はニーナちゃんが悩んでいて、目の能力を隠していることにも気がついていると思うよ」

「そうなんだ……」

「それで、ニーナちゃん。その目の能力に気がついたのはいつくらいからなのかな？」

「えっと、大体一年くらい前です。その頃からたまに人や物からもやもやっとしたものが見えるようになりました」

「一年か、大変だったね。でももう大丈夫だよ、私がなんとかしてあげるから」

「治るのでしょうか」

「治るというのとは違うかな。制御する、もしくは使いこなすと言った方が正確ね。さっきも言ったと思うけど、私も同じものを見ることができるのよ。だから任せなさい」

「そういえばエリーさんからは、あのモヤモヤが全く見えないですけど、どうしてですか？」

「そうだね、まずはあのモヤモヤが何かということを説明しないとね。まだ眠くない？　大丈夫？大丈夫ならこのまま話を続けるけど」

「大丈夫です、お願いします」

ニーナちゃんが居住まいを正して頭を下げてくる。

「そうだね、それじゃあまずはモヤモヤが何かからね。きっとニーナちゃんはわかっていると思うけど、あれは魔力よ。さっき私が魔術を使う時に魔力の流れを目で追っていたでしょ」

「えっと、モヤモヤのないエリーさんからモヤモヤ、えっと魔力が急に流れだしたのが見えました」

「ちなみに、私から魔力が出ていないのは完璧に制御しているからよ」

「そんなことができるのですか？　エリーさんのように、魔力が出ていないように見える人って初めてです」

「それは私にもわからないかな、探せばいると思うけどね」

かくいう私も魔力制御が完璧な人は、師匠と他数人にしか出会ったことがないので何とも言えない。まああ、あの人たちも普通の人と言えないのだけどね。

「まあまずはニーナちゃんが目の力を使いこなせるようになるのが先かな」

「使いこなす……。わたしにできるのでしょうか？」

ニーナちゃんは真剣な表情で私の話を聞いている。真剣な顔もかわいいなー。

「大丈夫、私に任せておきなさい。といっても無理強いはしないわ。制御する以外にも方法がないわけではないからね」

「他にはどういったものがあるのですか？」

「一つは封印。封印は一時的にはいいのだけど、結局そのうち封印が緩んだり解けたりするから定期的に再封印しないといけないわね。あと目に負荷がかかっちゃうから視力が悪くなりやすいと言われているわ。そういうわけで封印はおすすめしないかな。次に魔道具で見えなくする方法ね。メガネってわかるかな？　ああいった魔道具を使って見えなくする方法ね。これなら特に負荷はないけど、高価な上にメガネが壊れたりすると修理が大変ね。手入れにお金もかかるし」

「そうなのですね」

「まあ今すぐ決める必要はないよ。自分が納得できる方法を選ぶといいかな」

「エリーさんのおすすめは、やっぱり制御できるようになることですか？」

「そうだね、それが一番いいと思う。使いこなせれば錬金術師にも、そしていつかは魔法使いにもなることができるからね」

ニーナはうつむき何かを考えているようだ。一年近く見たくもないものを見せられ続けたために、目の力が嫌になったのかもしれない。それに見えるのは、魔力だけではないから余計にそう思ってしまったのかもしれない。なら先達として、目の力がニーナの役に立つということを教えてあげるといいかもしれない。

「ニーナちゃんは将来何になりたいとか、何かをやりたいとかってあるのかな？」

「将来ですか……。まだよくわかりません。わかりませんけど、いつかは冒険者になってママの声を治すための方法を見つけに行きたいです」

アーシアの声。やっぱりそこに行き着くのだろう。アーシアの声を治すことができるのかと聞かれれば、できると答えられる。ただし今すぐというわけにはいかない。一部の材料がこの辺りでは手に入らないものなので取り寄せないといけない。

それに私は願いの魔女の弟子だ。願いの魔女は直接願いを叶えるのではなく、願いを持つ者自身が自らの願いを叶えるための力を得る手助けをする。そういうわけで師匠に倣って私がアーシアの治療というニーナの願いを直接叶えるのではなく、ニーナ自身が錬金術を学んで自らの力でその願いを叶えてほしいと思っている。

「アーシアさんの声を治したいのね」

「はい」

「もしもニーナちゃんが自分の力でアーシアさんを治すことができるポーションが作れるようになるとしたらどうする？」

「そんな方法があるのですか？」

「ある。その方法はね。まさに錬金術のことなのよ」

「あっ、さっき私の目の能力が使えれば錬金術をするのに有利って言っていましたよね」

「言ったね」

「もしかしてですけど、エリーさんは錬金術が使えて、ママの目を治すお薬を作れたりしますか？」

「おっ、そこに気がついたか。そうよ、私は錬金術で様々なものを作り出すことができるし、アーシアさんの声を元に戻すポーションを作ることもできる」

「それなら――」

「でも、私は作るつもりはないからね」

「ど、どうしてですか？」

膝の上に座っていたニーナがぴょんと立ち上がり、私に向けて困惑と悲しそうな表情を浮かべている。

「お金なら、えと、あまり持っていないですけど、貯めたお小遣いから」

「ニーナちゃん、少しだけ私の師匠についてのお話をしましょうか」

「エリーさんのお師匠の話ですか？」

ベッドをぽんぽんと叩き、立ったままのニーナに座るように促す。それに従ってベッドに座ったニーナに、願いの魔女についての話をする。

「つまりは、アーシアさんの声を治すためのポーションをニーナちゃん自身が作るための手助けはしても、私が作るつもりはないということよ」

「……わかりました。わたしが錬金術を学んで自分で作れるようになればいいということですね。そしてエリーさんはその手助けをしてくれるのですね」

「正解。といってもすぐに錬金術を教えることはできないけどね」

「どうしてですか？」

「ふふ、まずはニーナちゃんが目の力を使いこなすようになるのが先だから」

「あっ」

どうやら目の力のことを忘れていたようだ。

「まずは目の力を制御できるようになることから始めましょうか。一つずつ、そして一歩ずつ前へ進んでいきましょう」

「はい」

ニーナは元気よく返事をすると、ベッドから立ち上がり私に向かって真剣な目を向けてくる。私もニーナ同様にベッドから立ち上がりニーナと向かい合う。

「エリーさん、私を錬金術師に、ママの声を治せるくらいの錬金術師にしてください。お願いします」

そう言ってニーナは深々と頭を下げる。

「その願いと我が弟子となることを聞き届けましょう、今後は私のことは師匠と呼ぶように」

「はい、師匠。よろしくお願いします」

元気よく頭を上げたニーナちゃんを抱きしめる。いい抱き心地だ。

「さてと、それじゃあまずは錬金術を教える前にニーナちゃんの目の力の制御を覚えることから始めましょうか」

「はい、師匠」

先ほどと同じようにベッドに向かい合うように座らせ、私の方は床に膝を突き目線の高さを合わせてニーナの目を覗き込み両手を繋ぐ。

「えっと、師匠？」

「ニーナちゃん、まずは体の力を抜いて」

繋いでいる手から力が抜けるのが感じられた。

「今から私の魔力をニーナちゃんの右手から流し込んで全身に巡らせてから、左手の方へ抜き出すわ。まずは魔力を感じることに集中して。目は閉じてもいいからね」

「はい」

その返事を聞き、ゆっくりと極々少量の魔力を流していく。異物感を感じたのかニーナちゃんが少し呻(うめ)くような声を出す。右手から魔力が入っていき、全身に張り巡らされている魔力回路に通していく。

「あたたかい」

「わかるかな？　それが魔力よ」

「これが魔力ですか」

私が流した魔力は魔力回路を通り全身へ広がり、最後に左手を通り戻ってくる。全ての魔力が戻ったところで手を離す。ニーナは額に汗を浮かべている。多分服の中も汗が吹き出しているだろう。自分のものではない魔力は、造影剤と同じで一時的に体温を上昇させる。

「どう、自分の中にある魔力は感じられる？」

「はぁ、うっ……、は、い、これが、まりょく、ですね」

「魔力が感じられるなら、額に多くの魔力が集まっているのがわかるかな」

「はい、わかり、ます」

「それがニーナちゃんの能力の源ともいえるものだよ。その魔力をゆっくりと、小さく、小さくするようにイメージしてみて」

ニーナは目を閉じ集中している。額から汗がぽたりぽたりと流れ落ちていく。私の目には、ニーナの額に集まっていた魔力が、少しずつ小さくなっていくのが見える。小さくなった魔力がゆらいでいる。そろそろいいかな。

「もうその辺りでいいよ。まだ気を抜かないでね。もう少しだから集中して、その状態を維持してみて」

「は、い」

暫くすると小さくなった魔力からゆらぎが消え、魔力が安定したのが見えた。

「うん、もう大丈夫だよ」

私がそう言うと、ニーナはぐったりとしてベッドへ背中から倒れ込む。そんなニーナに、濡れたタオルで顔を拭いてあげる。暫くして落ち着いたのか、ニーナが起き上がる。収納ポシェットから冷えた果実水を取り出して渡すと、ゆっくりと飲み始める。

「おいしい」

「お疲れさま。もう少しだけ付き合ってね」

私は指を立てて呪文を唱える。

「光よ」

指先に光が灯(とも)る。

「どう、見えた?」

「……見えなかったです。何も見えないです」

ニーナは感極まったように体を一度震わせ視線を下に向ける。きっと泣きそうにでもなっているのだろう。

「良かったわね。今日は疲れたでしょう。お風呂に入って汗を流して寝ましょうか」

ニーナから飲み終わったコップを受け取り、収納ポシェットに放り込む。ニーナの頭を優しく撫でてあげると、くすぐったそうにしながら、おひさまのような笑顔を向けてくれた。

ニーナと一緒にお風呂に入ろうかと思ったのだけど、ニーナが限界そうなので浄化魔法で汗と服をきれいにしておく。本当なら服を着替えさせたほうがいいと思うけど、着替えがないので仕方ない。今からアーシアにお願いするのもね。それにニーナは夢の国に旅立ってしまったようだ。

ベッドに横たわっているニーナをベッドに寝かせてから、魔導ランプを消す。私は寝間着に着替えてからニーナの横に潜り込む。

「ニーナちゃん、おやすみなさい」

私はニーナの体温を感じながら眠りについた。

◆

「はい、これでエリーはアイアンランクよ。おめでとう」

「ありがとうございます、ミランダさん」

新しくなった、鉄でできたギルドカードを受け取る。

ニーナに魔力操作を教え始めてから数日経(た)った。その間に私はギルドの依頼をこなして本日アイアンランクになることができた。といってもやったことは、収納ポシェットに入っていた薬草の類(たぐい)と魔石を提出しただけだったりする。結果的にブロンズを通り越してアイアンになれた。

これで街への再入場に入場税を支払わなくても済むわけだ。ミランダに再度お礼と、サーララに手を振りギルドを出る。

「さてと、屋台巡りでもしてから図書館にでも行こうかな」

「ホゥホゥ」

「図書館では静かにしているのよ」

「ホゥ」

一度ホクトを図書館に連れていき、受付のナーシャとマリアにペット可か聞いてみた。結果としては図書館内で飛んだり、本にいたずらしなければいいということになった。そういうことで、ホクトも図書館に連れていくことにしている。

冒険者ギルドを出てまずは屋台街に向かう。ここ最近は屋台巡りが日課になりつつある。

「んー、今日はどれにしようかなー」

「ホゥホゥ」

「あれがいいの？　まあ美味(おい)しそうだからいいけど」

ホクトの指し示した屋台へ向かう。

「お姉さん、一杯もらえますか？」

「お姉さんなんて照れるね。一杯だね、銅貨三枚になるよ」

収納から小銭入れを取り出して支払う。

「まいど、少しおまけしておいたよ」

「ありがとうございます」

「食べ終わったら容器はそこに置いておいてね」

「わかりました」

スープの入った木製の容器と木製のスプーンを受け取り、屋台の横にもうけられている飲食スペースでスープを食べる。ホクト用に収納から平皿を出して、そこにスープを半分ほど入れる。

「熱いから気をつけなさいよ」

「ホォホォ」

ホクトは器用にスープを飲み始める。それを見ながら私もスプーンを手に取る。ゴロゴロお野菜と小さいけどお肉が入っている。これで銅貨三枚は安いと思う。さてさてお味の方はどうかな。にんじん、じゃがいも、だいこん、ごぼう……それぞれがそれっぽい見た目と味の何か。後は小指ほどの大きさのなにかの肉。琥珀色(こはくいろ)のスープに肉の脂が染み出て浮いている。

「おっ、おいしいね」

「ホゥホゥ」

ホクトもご満悦のようだ。これは当たりだね。長時間煮込まれたためにお野菜が柔らかくなり味が染み込んでいる。ホクトと分けたために少なく思えるが、半分の量だとしても満足感が得られる。食べ終わった容器を回収箱に入れる。この容器は洗われた後再利用されるのだろう。

「お姉さん、よければそのスープ鍋ごと買わせてもらえませんか？」

「美味しかったかい？」

「すっごく美味しかったです」

「そうかい、ありがとうね。そうだね、鍋ごとだと銀貨八枚はほしいところだね。それでもいいのかい？」

「それでお願いします」

小銭入れから銀貨を八枚取り出して、お金を支払う。

「まいど」

「こちらこそありがとうございます」

早速スープを鍋ごと収納の袋に入れる。この収納はいつも使っているポシェットとは違うものだ。屋台でこのように大人買いするようになり、余っていた収納袋を使うようにしている。収納袋は高価ではあるが全く出回っていないということはない。だとしても高価なのには変わりがない。そのために何度かスリに狙われたけど、全て返り討ちにしていたところ、そのうち狙われなくなった。

「さてと、鍋も新しく買わないといけないし、今日は店じまいだね。それじゃあまたおいで」

「はい」

美味しいスープが手に入ったので図書館に向かうことにする。途中で屋台の人に何度か声をかけられたけど、また今度と言って通り過ぎる。ここ最近、好みの味のものがあれば鍋ごと大人買いしているためか、こうやってよく声をかけられるようになった。

ちなみに資金源は、あの特殊個体のオークになる。結局あのオークは討伐したことによる大金貨一枚と、解体することで得られた素材の代金なども含めて結構いい収入になった。つまりはその収入が、この大人買いをするための資金になっているわけだ。

◆

「ナーシャさん、マリアさん、ホクトのことお願いしますね」

「いいわよ。ホクトちゃんは賢いからね」

「ホゥホゥ」

図書館に入り、入館料の金貨を渡しながらホクトを預かってもらう。

「あとこちらのスープはお昼用にどうぞ」

「いつも悪いわね」

タダでホクトを預かってもらうのも悪いので、差し入れをするようにしている。二人はホクトを預かってもらうだけではなく、ホクトの読みたいと思った本を用意もしてくれる。

そういうことができるのも、この図書館の利用者がほとんど……、私以外利用しているのを見たことないからできることだと思う。ただし今日だけは私以外の利用者がいることに気がついた。

「珍しく私以外に利用者がいる？」

「あの子たちね。エリーは見るのが初めてね。あの子たちは週に何日か来ているわ」

「そうなんだ」

よく見るとどこかで見たことがある二人の少年と少女。どこで見たかなと考えていると思い出した。確かあの二人は、ギルドでウッドランクの依頼を子どもたちに割り振っていた子たちだ。

「よく入館料を払えましたね」

「一生懸命貯めたみたいよ」

そう返してきたナーシャだけど、今ので二人が孤児ということを知っていることがわかった。入館料さえ払えば孤児でも問題なく利用できるというのはいい図書館だと改めて思った。

「少し声をかけてきますね。スープが余っていますからね、消費するのに協力してもらおうと思います」

「それはいいわね。食べる場所と容器はこちらで用意するわ」

子どもとはいえ、会話すらしたことのない相手に食事を提案というのもおかしいとは思う。だけど、自分たちだけ食事をして、子どもをほったらかしにするというのはなんだか気分が悪い。

「はじめまして、二人とも少しいいかな？」

二人の少年と少女が訝(いぶか)しげに、そして警戒しながら私に顔を向ける。

「俺たちになにか用か？」

少年の方が答えてくれた。

「ちょっとね。スープを買いすぎてしまって、よければ二人にも協力してほしいと思ってね」

「スープ？　買いすぎた？」

更に訝しげにこちらを見てくる。

「あれよ」

そう言って受付に置いている鍋を指し示す。

「施しなら受けねえ」

「施しじゃなくて、食べるのに協力してほしいのよ。腐ったらもったいないでしょ？」

本当は収納袋に入れておけば腐ることはない。

二人は顔を近づけて相談をしている。どうする？　でも。だけど。俺たちだけ。ちびたちに。など断片的に聞こえてくる。

「それでどうかな？」

「わかった、協力してやる」

「良かった。ありがとうね。それじゃあ早速食べましょう」

二人を引き連れて受付まで戻ると、受付の裏にある控え室に案内された。そこにはテーブルがあり、深皿が人数分用意されていた。

「お昼には少し早いけど食べちゃいましょうか。三人とも座って」

マリアが鍋を持ってきて、スープを注いでいく。

「余ってももったいないからお代わりはいっぱいしていいからね」

「あ、ありがとう」

「ありがとう」

「こちらこそ、食べるのを手伝ってくれて助かるわ。ありがとうね」

きっと二人は、食べきれないから手伝って、というのが嘘だと気がついているのだろう。だから
ちゃんとありがとうと言ってくれたのだと思う。思った通り二人ともいい子な上に頭も良さそうだ。

ナーシャが入口に休憩中の札を下げてから扉に鍵をかけて戻ってきた。

「それでは、祈りを」

みんなで目を閉じて神に祈る。私は相変わらず口の中でいただきますと言う。

「それじゃあ食べましょうか。二人とも良かったらこれも食べてちょうだい」

マリアが自分の昼食に用意していたと思われるパンを二人の前に置いた。

「何なら持って帰ってもいいからね。なんだかスープだけでお腹がいっぱいになりそうだから、捨
てるのはもったいないでしょ？」

二人ともお礼を言ってからスープを食べ始めた。

「何だこれ、めちゃくちゃうまい」

「美味しい」

「あら美味しいわね」

「お野菜に味が染み込んでいて美味しい」

「ホォホォ」

どうやら全員に好評のようだ。私の味覚も捨てたものじゃないわけだね。気がつけばお鍋の中は空っぽになっていた。全員がお代わりをして、最後は子ども二人がお代わりをしたところで食べきった。

「二人ともありがとうね。また買いすぎた時は食べるのを手伝ってもらえると助かるわ」

「わかった、その時は協力する。レイトだ」

「アデラといいます」

「私はエリーよ。そしてこの子はホクト、レイトとアデラね。よろしくね」

食事を終えて、お互いに自己紹介を終えたところで二人はもといた場所へ戻っていった。二人の読んでいた本は、レイトが魔術に関してのもので、アデラは医療関係の、とりわけ薬草関係のものを読んでいるようだった。そんな二人に、わからないことがあれば聞いていいわよと言っておいた。

本だけ読んでも薬が作れるわけではないし、魔術が使えるようになるわけでもない。きっと二人ともわかっているのだろう。二人してどうしようかと相談をしていた。結局この日は相談を受けることはなかった。

第五話　魔女、冒険する

珍しく宿木亭でお昼を食べているところに、これまた珍しく今日はお休みだというガーナたち三人がやって来た。

「エリー、アイアンランクになったんだって？　すぐに追いつかれちゃったね」

「私の場合は街に来る前に拾っておいた薬草と、持っていた魔石を提出しただけだけどね」

「むむ、そんな裏技があったとは」

「その、言いにくいのですが、知らなかったのはガーナだけかと」

「私も知っていたよ。てっきりガーナも知っていると思っていたよ」

「えっ、サマンサもミランシャも知っていたの？」

コクリと頷く二人。ドサリとテーブルにうつ伏せになるガーナ。この三人はコントを見ているようで面白い。

「それにしても、冒険者業をお休みするなんて珍しいね」

「んー、エリーにならいってもいいかな」

ガーナが確認するようにサマンサとミランシャに視線を向ける。二人はそれに頷いて返す。

「ギルドから指名依頼を貰ったんだよ。なんか複数のパーティで森の調査をするのだって」

「アイアンでも指名依頼なんてあるのね」

「ボクたちも初めてだよ」

「聞いたところによりますと、わたくしたちアイアンだけではなくてシルバーの方たちにも指名依頼が行っているようですわ」

「なにかあったってことかな？　詳細は聞いてないの？」

「その説明会が今からあるのよ」

ミランシャが食後のお茶を一口飲んで答えてくれた。

「あっいいこと思いついた」

そう言うガーナに向けられる二人の視線は、またろくでもないことを思いついたなと言っているようだ。やっぱりこの三人は見ていて面白い。

「また変なことでも思いつきましたの？」

「本当にいいことだよ。ねえエリー、この指名依頼ボクたちと一緒に受けない？　臨時パーティってやつだよ」

「ガーナにしてはまともだ」

「ボクがいつもまともなことを言っていないみたいな言い方はやめてよね。それでどう？」

「どう？　って言われても。そういうのっていいものなの？」

「どうでしょうか？」

首をかしげるサマンサ。

「わからないから聞いてみよう。どうせ今から説明会に行くし、エリーも暇なら一緒に行って聞いてみない？　エリーが臨時のパーティに参加してくれるのならだけど」

今のところ特に急いでやることはない。ニーナへの指導は魔力制御の訓練だけをしている。それも夜のみなので、昼は図書館に行くか屋台で買い物をするくらいで暇ではある。錬金術に関してはまだ始める準備が整っていないのもあるけど、教えるにもまずは場所の確保が必要になる。

錬金術を使っても周りに迷惑がかからない場所を確保するには、手持ちの資金でどうにかなるものではないと思う。いざとなれば大将に中庭の空きスペースを借りるという手もあるけど、それはどうしても見つからなかった時の最終手段と思っている。

「臨時で参加できるなら別に一緒に行ってもいいけど」

「じゃあ決定だね。早速ギルドに聞きに行こう」

ガーナが外へ向かって駆け出していく。

「放っておいていいの？」

「そのうち戻ってきますわ」

サマンサとミランシャは慣れているのか、慌てることもなくお茶を飲んでいる。

「ちなみに説明会は何時からあるの？」

「三の鐘の後に集合だったかな」

「まだ時間はあるってわけね」

今はまだ二の鐘が鳴っていないので、時間は余裕がありそうだ。昼食を食べ終えたので、食器をカウンターまで運び大将に美味しかったと伝える。昼食は宿代に含まれていないけど、お金を支払えば昼食も出してもらえる。

「なんで誰もついてきていないの？」

はぁはぁと息を切らしながらガーナが戻ってきた。

「まだ時間には早いし。ガーナが勝手に走り出しただけでしょ」

「まあ説明会の前にミランダさんあたりに聞いてみてもいいかもね」

「それもそうですわね」

「それじゃあ行こうか」

そうと決まればということで、少し早い時間だけどギルドに向かうことにする。

「ま、まってよー」

そんなガーナの声が聞こえた気がするけど、誰も足を止めることはなかった。

指名依頼で、私が臨時メンバーとして参加をしていいかどうかは、問題ないということだった。ただし報酬などで揉めないようにと言われた。そしてその報酬は四等分することになった。私は別に報酬とかいらないと言ったのだけど、ガーナたち三人が頑なに譲らなかったので、私の方が折れた。報酬をいらないと言った方が折れるって、普通逆だと思うのだけどね。

全員でギルドまで来たのはいいのだけど、結局説明会に参加できるのはパーティリーダーだけだった。つまり私たちの中で参加したのはガーナというわけだ。

一通り説明を受けて戻ってきたガーナに今回の指名依頼の経緯を教えてもらった。今回突然の指名依頼が出た理由は街道にオークが出たからというものだった。それも複数の目撃情報があったのだとか。普通ならオークが出たので警戒を程度の話なのだけど、今回は既に犠牲者が出ているのと、商人ギルドから冒険者ギルドに依頼が来たということで今回の指名依頼になったようだ。

普通なら掲示板にオーク討伐の依頼を貼り出すだけだ。ただし今回は商業ギルドからの依頼ということで優先度が上がり、指名依頼として手空き（てすき）のパーティへ依頼が出されたのだろう。

一瞬私が倒した特殊個体のことかと思ったけど、それは既に大将がギルドで売り払っているので、違うと思い直した。

「シルバーランクのパーティは今から出発するみたい。アイアンランクの私たちは明日の朝出発だね」

シルバーランクの人たちは、いつぞや私が一晩過ごした街道沿いの野営地まで行くようだ。そして野営地で一晩泊まり、森の中を探索した後、街の方へ戻ってくるらしい。そして私たちは明日の朝、北門から街道を進み野営地を目指す。ただ野営地までは行かないで、途中で割り振られた森の中を探索することになる。今から出発するシルバーランクのパーティが目印として各パーティに割り振られた色の布を木にくくりつけておくようだ。ちなみに私たちのパーティは赤い布が巻かれている地点から森に入ることになる。

ただ私にはオークだけのために指名依頼まで出すのはおかしく思えた。それにいくら商業ギルドからの依頼だとはいえ、迅速すぎる気もする。きっと教えられていない何かがあるのだろうけど、流石に情報がなさすぎてわからない。何もないとは思うけど、警戒だけはしておくことにする。

「明日の朝、六の鐘がなったら出発だから、それまでに北門に集合だって」

「思っていたよりも急ですわね」

「ほんとにね」

「多分、オーク以外にもなにかがあったのかもしれないね」

「何かって？」

「流石に何かまではわからないけど」

結局情報不足でこれ以上考えても仕方ないということになった。

「ボクたちのパーティは、地図だと森のこの辺りの探索だね。あとはオークを見つけても無理に戦う必要はない。見つけたら合図を出して森の外まで下がればいいみたい」

「倒してしまってもいいのでしょ？　まあ無理だろうけど」

「オーク一体なら、倒せなくもないですわ。ただ複数はまだ無理ですわね」

ガーナたちはちゃんと自分たちの実力を理解できているようで偉いと思う。

「こんなところかな？　なにか聞きたいことはある？　あったら聞いてくるよ」

「ないかな」

「ありませんわ」

「エリーは大丈夫？」

「私も大丈夫かな」

「それじゃあ今日は解散ということで、各自必要と思うものは忘れずに用意しておくように」

どうやらガーナたちはここで別れて、それぞれ別に買い物に行くようだ。てっきり一緒に買い物に行くのだと思ったけど、別行動することもあるのを今更ながら知った。私の方は大体のものが収納ポシェットに入っているので問題ない。あーそうか、明日は気軽に収納ポシェットを使うわけにはいかない。というわけで荷物を入れるカバンを買わないとだめそうだ。

◆

日が変わって翌日、六の鐘がなると同時に街を出た。私とガーナたちはダーナの街から北へ伸びている街道を歩いて目的地である森へと向かった。

「オーク。豚のように平たい鼻を持つ、巨体の怪物。種族全体が臆病な性格をしている。そのため複数で行動をすることが多い。武器を使うモノもいるがほとんどが無手。四足での突進が主な攻撃手段。こんなところかな？」

目的地に着くまでは街道を通るので比較的安全だ。そういうわけでガーナたちに聞かれるままオークについての知識を披露してみる。

「エリーって物知りだね。魔物図鑑よりも詳しいんじゃない？」

「一応魔術師を名乗っているからね。大体の魔物の特性は頭に入っているよ」

別に魔術師だからといって魔物に詳しい必要はない。だけど、魔術師というのはなんというか基本的に学者か研究者気質の人間が多いらしい。私はどうなのかというと、全然そんなことはないので、らしいとしか言えない。私の場合は、暇にあかせて師匠の家にある全部の本を読み込んだことで、記憶しているだけのことだ。

ちなみに本日ホクトは置いてきた。元々連れてくるつもりはなかったのだけど、散歩にでも行っているのか朝起きた時には見当たらなかった。ホクトを連れてきて、ホクトが何かしたら色々面倒くさいことになりそうなので、いなくて良かったのかもしれない。

「地図によるとこの辺りかな？」

私の言葉に、ガーナたちがキョロキョロと辺りを見回している。

「あそこが怪しいね」

ミランシャが街道沿いにある一本の木を指さしている。

「んー？　どこが怪しいの？」

「ほら、よく見てよ。あそこの木、枝が一本変な感じで折れているでしょ」

　言われてみれば、確かに枝が一本折れているのが見える。そしてその折れているはずの枝がどこにも落ちていない。風で飛ばされたとも考えられるけど、確かに不自然な気がする。

「ミランシャはよく気がついたね」

「これでも狩人だからね」

　狩人なだけに目がいいのかもしれない。

「あっ、ここで合っているみたい。ほら木の根元に目印があるよ」

　木に駆け寄っていったガーナが木の根元に赤い布が巻かれているのを見つけたようだ。つまりここから私たちは森に入ることになる。

「それじゃあ少し休憩してから、探索を始めようか」

「そうですわね。今のうちに水分補給をいたしましょう」

　みんな木を背にしてそれぞれが水を飲み始める。私も背負っていたリュックから水筒を取り出して飲む。流石にぬるくなっているけど、仕方がない。魔術で冷やしてもいいのだけど、本格的な探索前に魔術を使うのも、周りからするといい気がしないかもしれない。私の魔力量を知っていれば問題ないのだろうけど、教えていないので仕方がない。

　ガーナたちはそれぞれが一口で食べられるものを取り出した。私も何かあったかな？　と思いながら収納ポシェットに手を入れて、これがあったかと飴を取り出す。

「よかったらこれ食べる？」

「わっ、飴だ」

「変わった色をした飴ですわね」

「もらってもいいの？」

「いっぱいあるからいいよ」

「それじゃあ、ボクの干しぶどうと交換ね」

「わたくしのラスクもどうぞ」

「私の干し肉も食べてよ」

みんながそれぞれ交換をする。この場合は、干し肉とラスクを一緒に食べてから干しぶどうを食べればいいのだろうか？

「あまーい。エリー、すごく甘いよ」

「ここまで甘いものは初めてですわ」

「どこかで食べた気がするけど……はちみつ？」

「流石狩人だね、正解」

この飴はデスホーネットの蜜から作った飴だ。魔の森だと結構手に入りやすいので、はちみつ関係の食べ物はよく作っていた。

「なんだかすごく力が湧いてくる気がするよ」

「ここまで歩いてきた疲れがなくなった気がしますわ」

「体が軽い気がするね」

実はこの飴、疲労回復に身体能力が上がる効果がある。効果自体はそこまで高くないけど、探索をする前に食べるには良かったかもしれない。

「よし、それじゃあ行こっか」

ガーナが立ち上がり、サマンサとミランシャも立ち上がる。

「それじゃあ私が先頭を行くから、次がサマンサとエリー、最後がガーナで」

みんな無言で頷く。それを確認してからミランシャはナイフを手に持ち森に入っていく。その後に私とサマンサが横並びでついていき、最後にガーナがついてくる。

途中で休憩を挟みながら三十分ほど進んだ辺りで、ミランシャが手で止まるように指示を出してしゃがみ込む。私たちもそれに倣ってその場にしゃがむ。

「何かいるみたい」

「オーク？」

「多分」

小声で短く会話をする。

「少し確認してくるから、待っていて」

ミランシャはそう言うとしゃがんだままの姿勢で進んでいく。土の上とはいえ足音がしないのは流石だと思う。時間だけが過ぎていく。それほど時間が経っていないはずなのに、待つだけというのは時間の感覚がおかしくなるのだろう。

「オークだったわ」

「わっ――」

ガーナが驚いたのか叫び声を上げそうになったのを、サマンサが口をふさぐことで止めた。

「ふごふごふご」

「サマンサ、ガーナが息できなくて死にそうになっているよ」

「も、もうしわけございませんわ」

「はぁはぁ、死ぬかと思った」

毎度のことながらこの三人を見ていると、コントでも見ている気分になる。

「もういいかな？　オークがいたよ。それも五体。ただ何だろう？　興奮しているというか、ちょっとおかしな感じに見えた」

「依頼では街道にオークが出たってことだったけどこいつらのことかな？」

私の疑問に三人は顔を見合わせてから首を振る。

「ボクが聞いた依頼内容だと、もっと北のシルバーの人たちが行く辺りだったはずだよ」

「つまりはギルドが思っているよりも街の近くにオークが来ているってことだね。まあその辺りを調べるための依頼だったのだろうけど」

きっとこの事態はギルドが想定していたよりもまずい状況なのかもしれない。今発見できている五体だけならいいが、それ以上の数がこの辺りにいるとなると街にとってはかなりの脅威になることだろう。私たちよりも北に行っているシルバーのパーティも気になるけど、まずは私というよりもガーナたちの安全を確保しないといけない。

「とりあえず、こんな森の中で戦うわけにはいかないから街道まで戻りましょうか」

「それが良さそうですわね。わたくしたちでは五体はどうにもなりませんわ」

「よし、それじゃあゆっくり下がろう」

ガーナが振り返り歩き出す。私たちもそれに続く。途中でミランシャとガーナが入れ替わり、ミランシャが先頭になり進んでいく。暫く進んだところで背後から木の枝が折れる音や草が鳴る音が聞こえてきた。

「見つかった？」

「わからないけどみんな走るよ。戦うにしても森の中じゃあ狭いし、街道に出て救援要請を出せば応援が来てくれるはず」

ミランシャがそう言いながら走り出す。私たちもそれに合わせて駆け出す。ただ背後から聞こえてくる音が大きくなっている。ここは私が対処した方がいいのだろうか。

「もう少しで街道に出るからみんな頑張って」

どうやら思ったよりも街道近くまで戻ってきていたようで、私が何かをする前に森を抜けることができた。

「ミランシャ、救援要請を」

ガーナの指示が飛ぶ前に、ミランシャが救援要請をするための煙玉を投げたのか、少し離れた所から赤い煙が勢いよく上空へ上がっていく。

「ボクが殿（しんがり）をするから、みんな逃げて」

ガーナがショートソードを構える。

「そういうわけにはいきませんわ」

サマンサは、腰に下げていたメイスを手に取っている。

「まあ、やれるだけのことはやらないとね」

ミランシャは、ショートボウに矢をつがえていつでも放てるように構えた。

「エリーだけでも逃げ――」

ガーナが私に逃げるように言おうとしたタイミングで、ミランシャのショートボウから矢が放たれた。それと同時に森の中から飛び出してきたオークに矢が命中したようで、飛び出してきた勢いのまま街道に倒れ伏した。その倒れたオークは後続でやって来た他のオークに踏みつけられ、首が曲がってはいけない方向に曲がっている。

森から出てきたオークの数は、ミランシャが言っていたように五体。そのうち一体はミランシャの矢とオークに踏まれたことで倒すことができた。つまり残りは四体。これ以上の後続はいないようだ。

「エリー、巻き込んでごめん」

どこか悲愴感を感じさせるガーナ。いや、まあ、うん、どうしよう？　あのオークたちに脅威を感じるわけもなく、倒そうと思えばすぐに倒せるのだけど。

「ガーナ、一体ならどうにかなるんだよね？」

「一体ならボクたちでもなんとかなるかな」

「そう、なら残りの三体は私が貰うね」

「えっ？」

ガーナたちが驚いたように私を見てくる。私は落ちている石を三つ拾い、オークに向けて投げる。

「石の礫」

呪文を唱えると、投げた石が勢いを増して飛んでいき、三匹のオークのお腹に命中する。石の礫によりお腹がへこみ、ぶもぉーという声を出してオークが倒れ伏す。

「それじゃあ、あとの一体はお願いね」

「え、あ、うん」

ガーナの返事を聞きつつ、杖を振り上げる。

「切り裂け」

上げた杖を振り下ろしながら、呪文を唱える。目に見えない風の刃が倒れ悶えているオークの首を正確に切り裂く。ガーナたちも戸惑ったように倒れたオークをキョロキョロと見ている。

「ほらほら、あの一匹もまだ戦う態勢にないから今のうちだよ」

私の出した声で初めて私たちの存在に気がついたのか、残った一匹のオークが棍棒を片手に走り出す。

オークが走り出したことで、ガーナたちも戦闘態勢に入ったようだ。

「ミランシャ、サマンサ行くよ」

ミランシャとサマンサは無言でうなずき、駆け出したガーナの後を追っていく。

「ブオォォォォ」

オークは吠えると、近づいてくるガーナにタイミングを合わせて棍棒を斜めに振り下ろす。

ガーナは前方右側へと進むことで棍棒を避けて手に持つショートソードでオークの脇腹へと攻撃を当て、そのまま背後へと駆け抜けた。

オークがガーナを追うように右に体を向けたところへ、サマンサのメイスが左腕に命中する。鈍器であるメイスを脂肪の多いお腹に当てたとしても大したダメージがない。そう思っての腕への攻撃だろう。

「ブオォ」

サマンサの攻撃が効いたようでオークは苦悶の声を上げている。ガーナを追おうとしていた体を止めて、腕を攻撃したサマンサを見つけるために左へ顔を向けた。そこへオークの顔に向けて飛んでいった矢がオークの右目に刺さる。矢を目に受けたオークが、顔を押さえて悶えている。

そこへ一度駆け抜けたガーナが戻ってきた。ガーナはショートソードを両手で握り飛び上がると、顔を押さえてうずくまっているオークの首へとショートソードを突き刺した。

「グォ……」

ガーナの攻撃が止めになったようでオークの体が前のめりに倒れる。ガーナはショートソードを引き抜くと素早く距離を取って警戒している。

最後まで警戒を解かないあたり基本ができているようだ。ミランシャが倒れているオークに向かって石を投げている。石が当たっても反応を見せないことを確認して、三人は武器を下ろした。

「はっはは、倒せた……初めてオークを倒したよ」

ガーナがその場に座り込み呼吸を整えている。

「それにしてもエリーってすごい魔術師だったんだね」

「まあね」

「エリーは貴族ですの？」

「違うよ。ちょっと高名な人に魔術を習った平民だよ」

「そうなのですね」

「それにしてもこれどうしよう」

ミランシャがオークを確認している。本当どうしたものかな。

「そういえばミランシャは救援要請をだしたんだよね？」

「したよ。ほらあっちから救援が来たみたい」

ミランシャが指さした方向を見てみると、砂埃（すなぼこり）が舞っている。その砂埃の下をこちらに向かって駆けてくる集団が見えた。

「シルバーランクの人かな？」

「きっとそうですわ」

走ってきた人たちが座り込んでいる私たちと、倒れているオークを見て驚きの声を上げたのは言うまでもないだろう。結局オークは救援に来てくれたシルバーランクのパーティと協力して街まで運ぶことになった。シルバーランクの斥候が街まで走り、荷馬車を手配してくれたので助かった。

収納が使えないとやっぱり不便だと改めて思った。

第六話 魔女、再会する

「エリーさん、詳しく聞かせてもらえませんか？」

「詳しくって言っても、報告書は出したでしょ？」

「拝見しました。その上で詳しく聞きたいと思いまして」

「まあいいけど、それで何を聞きたいの？」

ガーナたちと依頼を受けた翌日、私はアーヴルに呼ばれてギルドに来ている。アーヴルが聞きたいことはオークがいたとか、無事に倒せたとかではなくてオークの様子についてだろう。

「見つけたオークは五体ね。そして五体ともよだれを垂らし、目がランランと輝いていた。そしてこちらが何もしていないのに追いかけてきた。臆病なはずのオークが自ら襲ってくるのはおかしいと思ったのは確かね」

「何か心当たりはありますか？」

「これといってないわね。それに結局あそこの近くにはオークの集落はなかったのでしょ？」

「ええ、あの後周辺を捜索してもらいましたが、集落みたいなものも何もなかったようです。いったいあのオークたちはあの場所で何をしていたのか。はぁ、ゴブリンの集落の大量発生とかもあり、最近おかしな出来事が多いですね」

「ん？　ゴブリンの集落の大量発生？」

「はい、近々大規模討伐を計画しています」

「それって、魔の森近くにある廃墟(はいきょ)の近く？」

「ええ、よくご存知(ぞんじ)です……、もしかして——」

　アーヴルの言葉を遮るように突然扉がバンッと開き、巨漢の男が部屋に飛び込んできた。アーヴルも私も誰かが部屋に近づいてきていたのはわかっていたので驚きはない。

「グラシスですか、そんなに慌ててどうかしましたか？」

「自分でやっておいて何だが、お前ら少しは驚けよ」

　全く驚いていない私たちを見て不満を言っているが、それは理不尽ではないだろうか？

「っと、今はそれどころじゃねーな、ギルマス大変だ」

　グラシスと呼ばれた男は金色の鬣(たてがみ)のような髪型をしていた。身長が二メートルほどもある筋骨隆々の巨漢で身の丈ほどの大剣を背負っている。グラシスは大剣をソファーの横に立てかけると誰の断りもなくドカリと私の隣に座った。

「それで、そんなに急いでどうしましたか？」

「ああ、指名依頼の件だ。ゴブリンの集落の詳細な位置の確認ってやつだな。大したことのない集落ならぶっ壊してもいいって話のアレだ」

グラシスは懐から地図を取り出してテーブルに広げる。地図には魔の森近くにあった、あの廃墟とその周りに赤いバツ印が五個書かれていた。

「ここだ、ギルマスからの依頼でゴブリンの集落の偵察に行ったんだがな。この位置にあるはずの集落がなくなっていて岩地になっていた。仮に土竜がいたとしてもああはならないと思うがな」

それを聞いてアーヴルが察しといった感じで私を見てくる。

「あ、あはは」

「やはりそうですか、エリーさんやってしまったのですね」

「ん？　そこの嬢ちゃんは見ない顔だが」

「エリーといいます。よろしくお願いします」

「俺はグラシスだ、黒鉄の金獅子ってパーティのリーダーをしている」

「これでもこの人はゴールドランクなのですよ」

今ダーナの街にいる現役のゴールドランクの冒険者は四人で、その四人は同じパーティに所属しているらしく、それがグラシスのパーティのようだ。

「嬢ちゃん、いやエリー、お前さんかなり強いだろ」

「さあどうでしょうね」

暫くお互いに黙ったまま視線を交わす。

「二人ともそれくらいにして話を戻しましょう。まずはエリーさん、何をしましたか？」

「埋めた」

「……そうですか」

「埋めただと？　どうやってって、まあその格好からして魔術か。俺の仲間にも魔術師はいるが、あんなことはできねーはずだがな」

「エリーさん、よろしければもう少し詳しく教えてもらえませんか？」

「まあいいけど。掘り起こせとか言われても嫌だからね。やるならアーヴルの方で勝手にやってよ。それに詳しくと言われても、集落を囲むように岩の壁で囲んで内側に倒しただけだよ」

「お前、そんなえげつないことしたのか」

グラシスにどん引きされた。だから人前で言いたくないんだよ。

「あなたという人は……。まあ、そういうことですので、グラシスはここでの話は他言無用でお願いします。あと追加依頼としてこの件の再度探索依頼を出しますのでそのつもりでいてください」

「依頼は構わねえが、今はもう危なくはないんだな？」

「ゴブリンに関しては問題ないでしょう。そうですよね、エリーさん」

「そうだね、あの辺りには生き残りはいないはずだよ。他の場所からやって来たり、他の魔物が居座らなければ暫くは安全だと思う。埋めたとはいえゴブリンの臭いはすぐに消えないからね」

「あー、あの臭いは確かに残っていたな。そういうことなら俺は戻るわ。仲間がまだ集落跡地を見張っているからな」

「わかりました。それでは依頼は近日中に追って連絡をしますので」

「おう、それじゃあな」

アーヴルはグラシスが持っていた依頼書に依頼達成の判子を押して手渡す。グラシスはそれを受け取ると、話し合いが面倒くさいと思ったのか大剣を背負い直すとすぐに部屋を出ていった。

「それではエリーさん、改めてどういうことか説明してください」

そういうことで、改めてホクトの案内に従いゴブリンの集落を埋めて回ったことを話した。ちゃんと生きている人間がいないことをホクトに確認してからやったとも伝え、ゴブリンキングらしきものがいたことも伝えた。

「エリーさん、そういう大事なことはもっと早く教えてください」

「そう言われても、この街にたどり着く前のことだったから。そもそも紹介状を見るまではアーヴルがギルドマスターをしているってのも知らなかったし」

「それもそうですね。それにゴブリンの件は助かりました。ありがとうございます。報酬は後ほどお支払いいたします」

「勝手にやったことだから別にいらないよ」

「そうはいきません。ちゃんと支払いますから受け取ってください」

「わかった。それにしてもゴブリンの集落があんなにあったなんてね。いつもあんな感じなの？」

「いえ、あのゴブリンの集落もオークと同じで普段は見られないことですね。何かが起きる兆候でしょうか」

「私が魔の森にいた時点では変わったことはなかったかな？　あえて言うなら魔の森との境目付近で死使鳥を見かけたくらいだね」

「そのような所に死使鳥ですか。どうやら私もグラシスたちに同行して現地に行った方が良さそうですね」

「私は行かないからね。死んでいたとしても、ゴブリンには近寄りたくないから」

「はぁ、そんなところは昔と変わりませんね」

苦笑を浮かべるアーヴルだけど、私が変わっていないことが嬉しいようにも見える。

「もう話はいいよね？」

「ええ、大丈夫です。また何かあればこちらから連絡します。あと、エリーさんも気軽に訪ねてきてください」

「気が向いたらね。ホクト、行くよ」

「ホゥ」

アーヴルが用意したお菓子を食べたことでご満悦なホクトを連れてギルドを出る。

「さてと、お昼まで時間もあるし西区でも覗いてみようかな？」

「ホォホゥ」

「いや、西区は職人街だから食べ物はないと思うよ。というかさっきもアーヴルからなにか貰って食べていたでしょうに。その体のどこに入るのよ」

西区には職人街があり、そこら中からトントンカンカンとハンマーで鉄を打つ音が聞こえてくる。中央に近いほど大店(おおだな)が店を構え、外側に向かうにつれて店の規模が小さくなっていく。ただ店が小さいからといって腕が悪いというわけではないのだろう。店先に置かれている武具や道具類はどれも一定以上の出来栄えに見える。

職人街を過ぎると空気が少し淀(よど)んでいるように感じられた。所々にカタギではなさそうな人の姿がちらほら見受けられるようになり、進む方向を制限されているように感じられる。別に襲ってくる気配はないので無視して進んでいく。

西側は街の外へ出入りできる門がないために、外壁を背にして建物が立ち並んでいる。その辺りまで来ると、職人の店舗もなく、見るものもない。掘り出し物や珍しい物でもないかと思って奥まで来てみたものの、この辺りにそういったものは何もなさそうだ。

「特に見るものもないし戻ってお昼にでもしましょうか」

「ホゥ」

回れ右をして、中央広場へ向かう。一通り見てきたけど、西区には飲食ができる店がないようだった。そのために、一度中央広場に戻ってから、北区の屋台か南区にある飲食店に行かないといけない。職人街に近づくにつれ、監視のような視線は減っていき、職人街に入る手前辺りで全く感じられなくなった。

「――――」

そろそろ職人街に入るという所で人の言い争う声が聞こえてきた。声の種類は二種類、子どもの声とガラの悪そうな男たちの声。そして暴力の音が聞こえる。聞き覚えのある子どもの声が気になり自然と足が進む。

「てめーら孤児が生意気を言ってんじゃねーよ」

「てっめーそれはオレの金で買ったもんだ返しやがれ」

そっと路地を覗いてみると冒険者らしき男が三人、それから赤毛の十歳くらいの少女と茶色の髪をした同じくらいの少年の二人がいた。少年の方は少女を守るように立ち、殴られたのか頬を腫らしている。少年はレイト、少女はアデラ。孤児たちの中心的人物で、図書館で出会った二人だ。

この二人とは度々図書館で会うようになり、その時には色々と指導をするようになった。ただし実践的なものではなく、あくまで知識に関するものだけになっている。図書館の本でわからないところを聞かれれば教えたり、書物に書かれていないことを教えたりと、教師のようなことをしてあげている。とまあこの話は今はいいとして、二人を助けることにする。

「やっぱりいいナイフだな。迷惑料として貰ってやるよ」

「何が迷惑料だ。それに絡んできたのはお前らの方だろうが」

状況はなんとなくわかった。アデラたちが買ったナイフを、男三人が奪ったのだろう。私は普段は外しているローブのフードを被り、収納ポシェットから杖を取り出して路地に足を進める。

「あん？　見せもんじゃねーよ、あっちへ行きやがれ」

ひょろ長の男がナイフを構えてこちらに向けてくる。それを無視してアデラたちに近づく。

三人の男を仮に、その見た目からヒョロ、ガリ、チビとしておこう。

「レイト、アデラ、大丈夫？」

「あ、あんたには関係ないだろ、どっかいけよ」

つっかえながらも私を逃がそうとしているのがわかる。私の声を聞いて顔見知りだとわかり危ないと思ってくれたようだ。女の子を守ろうとするその姿勢が好ましい。

私の身を心配してくれているのは、きっと餌付け、ではなく買いすぎたご飯の処分を手伝ってもらった成果かもしれない。

「ほう女か、あんたが代わりに相手してくれるならそのガキどもは許してやるぜ」

「んだと、許すも許さねーも悪いのはてめーらの方だろうが」

ガリとレイトが言い合っている隙に、ガリの仲間であろう二人が私の退路を塞ぐように移動している。

「とりあえずそのナイフはこの子が買ったものなのでしょ？　返してあげなさいよ。いい大人がみっともない」

「舐めてんのかてめー、これは俺たちが狙っていたものなんだよ。横からかっさらったのはそこのガキだ」

「それじゃあナイフの購入代金を払ってあげればいいじゃないの」

私がそう言うと、何かを言おうとして「ぐっ」と言葉をつまらせる。

「なんとなく状況はわかった。お金がなくて買えなかったのをこの子たちが買ったわけね。それで出遅れたうえに奪えばいいなんて短絡的に行動した結果が今というわけね」

男は図星だったのか顔を真っ赤にして震えている。

「うっせー、テメーらこの女を黙らせてヤギンの所へ連れてくぞ。顔はわからねえが女だ、いい金になるだろ」

「「おう」」

ナイフを持ったガリが正面から、背後に回ったヒョロとチビがそれぞれ短剣を抜いて向かってくる。

「少し脇に避けておいて」

私の言葉を聞いてレイトがアデラの手を引いて壁際まで下がった。

「うるぁ」

まずは正面のガリがナイフを振り上げ切りかかってくる。ナイフは結構いい出来に見えることから、レイトもガリも目利きはいいのかもしれない。ガリが振り下ろしてきたナイフを前進しながら避け、すれ違いざまに杖を背中に叩きつける。

「うおわぁ」

ガリはそのまま背後から迫ってきていたヒョロとチビとぶつかり絡まって三人まとめて転倒した。

弱い、流石に弱すぎではないだろうか？　どう見てもガーナより弱く感じる。

「おめーら邪魔だ」

「そ、そんなこと言われても」

「重いでヤス」

手にナイフを持ったまま、もみくちゃに暴れているためかお互いに傷つけ合っている。このまま放っておいても収拾がつかなそうなので魔術を使って眠らせることにする。

「眠りの霧」

睡眠効果の霧を発生させて、もみ合っている男三人を包み込む。霧に包まれた男たちが眠りに落ちたのを確認してから霧を散らす。男たちに近寄り杖で突いて寝ていることを再確認する。

寝ているのが確認できたのでガリの手からナイフを取り、腰の鞘も回収してナイフを収める。ついでに三人の懐をあさり小銭入れも回収。迷惑料として貰ってもいいだろう。中身を確認しても銀貨三枚分ほどしかなかったけど中身を抜き取って小銭入れを元に戻しておく。

「しけてるね」

何が起きたのかわかっていなそうなレイトにナイフを差し出す。

「レイトのでしょう？」

「あっ、これはアデラのだ」

レイトは私からナイフを受け取ると、そのままアデラに渡した。

「エリー姉さん、ありがとうございます。レイトも守ってくれてありがとう」

アデラがナイフを大事そうに抱いて、お礼を言ってきた。レイトは照れくさそうにそっぽを向いている。私は収納ポシェットから軟膏を取り出してレイトに差し出す。

「これ使いなさい、鎮痛効果のある軟膏だから」

なかなか受け取ろうとしないレイトの代わりにアデラが軟膏を受け取る。

「ほら、レイトこっち向いて」

「お、おう」

アデラが軟膏の蓋を開いて、少し指で取りそっとレイトの腫れた頬に塗りつける。軟膏が塗られた側から痛みと腫れが引いたのかレイトが驚いている。

「どう？　痛みは取れた？」

「ありがとうございます、エリー姉さん」

アデラが軟膏の蓋を閉めて差し出してきたので受け取る。

「気にしなくていいわよ。それよりこいつらどうしようか？　このまま放置でいいと思う？」

「あーそうですね、衛兵にでも通報しておきますか？」

レイトやアデラに衛兵を連れてきてもらおうかと思ったところで、声がかけられた。

「できればそいつらを置いていってもらえないか？」

突然声をかけられたことにビクリとレイトとアデラは体を強張らせる。

「こちらに迷惑がかからないならいいけど」

路地の入口に黒一色の服を着た銀髪の男が立っている。私の位置からは見えないけど他にも数人の気配を感じる。

「それに関しては約束しよう。今後コイツらをこの街で見かけることはないだろうからな」

「あまり物騒なことを子どもの前で言うのはどうかと思うけど、そういうことならわかったわ」

「はっはっは、別に命までは取らねえさ、裏を取ったら身包み剝いで街から追い出すだけだ」

わざわざ私に教えてくれる理由がわからないけど、処理してくれるというなら任せていいだろう。

「それでは私たちは行きますね」

「ああ一つだけ忠告だ。あまり色々と首を突っ込まない方がいいぞ」

私にだけ聞こえるくらいの声量で話しかけられた。

どうやら西区でたまに感じた視線の関係者のようだ。立ち振る舞いからはそこそこやれそうな気はするけど、よくわからない。

「ご忠告どうも」

私はそれだけ返して足早にレイトとアデラを連れてその場を離れる。

暫く歩くと職人街にたどり着き、そのまま足を止めることなく歩く。

「少しは落ち着いた？」

「はい」

未だに体が強張っていることからレイトたちにとって、あの男は関わっちゃいけない相手なのかもしれない。

「二人ともお昼は食べた？　まだなら一緒にどう？　奢ってあげるから」

「いえ、助けてもらった上にそれは」

「何があったか聞きたいからというのはだめかな？」

レイトとアデラが顔を見合わせる。

「ホォホォ」

「どうやらホクトが限界みたい。屋台で適当に何かを買いましょう」

頷く二人を連れて、北区の屋台を目指して歩く。

「二人はさっきの黒服のことを知っているの？」

「俺たちの間では、闇ギルドの人間だと言われています。他にもこの街の領主と繋がっているなんて噂もあります」

聞く感じだとマフィアみたいなものなのだろうか？　あの三人組を生かして街からの追放に留めるっていうのが本当なら、そこまで酷い組織ってわけではなさそうだ。

職人街から中央広場に戻り、そこから北区の屋台へ向かう。レイトとアデラはちゃんとついてきている。

「ホォホゥ」

「ホクト、どうしたの？」

突然ホクトが杖から飛び立つとどこかへ飛んでいく。

「二人ともごめん、ホクトを追いかける」

今までホクトがこういう風な行動をしたことはなかった。そのホクトが突然飛び立ったのが気になる。あまり高く飛んでいないということは街の外に出ることはないと思う。

三人でホクトを追いかけていると、飛んでいたホクトが降りていくのが見えた。

「あら？　もしかしてホクトなのかしら？」

聞こえてきたのは知らない声のようで、どこかで聞いたことのある声だった。

「ホォホォ」

ホクトの声を頼りに進んでいくと、そこには一人の老婆が地面に降り立ったホクトにパンを差し出していた。ホクトの知っている人のようだけど、私には見覚えがない。

「ホクト、知らない人にたからないでよ。まるで私がご飯あげていないみたいでしょ」

「ホゥホゥ」

ホクトからは知っている人だから大丈夫という返事が返ってきた。

「あら？　もしかしてエリー？」

「えっと……」

目の前の老婆は私を知っているようだけど、やはり私には見覚えがない。

「酷いわ、私のことを忘れてしまったのね」

「ごめんなさい。私のことを知っているようですけどお名前を伺っても？」

「うふふ、わからないのは仕方ないかしらね。私もずいぶんと歳を取ったから。私はあなたの妹弟子のリーディアですよ」

「えっ？　リーディアって、もしかしてリディ？　本当に？」

リーディアというのは私の妹弟子の名前だ。五十年ほど前に師匠の所で一緒に暮らしていた。目の前の老婆をよく見てみると、なんとなく面影があるように見える。当時赤かった髪は、白髪になっていて身長も少し縮んでいるように思える。

「こんな所で、エリーと再会するなんて。もしかして師匠の所から追い出されてしまいましたか？」

「どうしてみんな私が師匠に追い出されたって思うのかな？　違うからね。別に追い出されたわけじゃないからね」

アーヴルといい、リーディアといいどうしてみんな私が追い出されたことを前提にしているかな？

「それにしてもリディは、ずいぶんとおばあちゃんになったわね」

「エリーと最後に顔を合わせてから五十年過ぎていますからね。歳を取るのは仕方がないことよ。それよりも往来で話していると邪魔になるわ。良ければ私の家まで来ますか？」

確かに道の真ん中で話すのは邪魔かもしれない。

「それじゃあ招待にあずかろうかな。それよりもその手に持っている大きな紙袋はなに？」

「これですか？　これは数日分のパンですよ」

リーディアは紙袋からパンを取り出して、私に見えるようにしてくれた。まだ出来立てなのか匂いからしてすごく美味しそうだ。

「それどこに売っているのか教えてもらえないかな？」

「たくさん買ったからエリーにもおすそ分けするわよ」

「んー多分その量じゃ足りないかも。この子たちの分も買いたいから」

そう言って後ろにいるアデラとレイトに視線を向ける。リーディアも私の視線を追うことで二人の存在に気がついたようだ。それに二人に食べさせるというのもあるけど、余った分は持って帰ってもらうつもりでもある。

「あらあら、もしかしてエリーの子どもですか？」

「そんなわけないでしょ！」

私が反論するとリーディアは「うふふ」と笑っている。どうやら冗談のつもりで言ったようだ。

「あの、俺たち帰ります」

そう言ってくるレイトを引き止める。今この瞬間、リーディアに再会したのは運命のいたずらと言えるかもしれない。あまりそういうものは信じない私だけど、この時ばかりは都合がいいので流れに任せるのは大事だ。

「いいから食事に付き合いなさい。少し話したいこともできたし、悪いようにはしないから。特にアデラにとってはね」

私のその言葉にアデラは疑問符を浮かべていたが、私に頷いて返したことから昼食と話を聞いてくれることにしたようだ。レイトもアデラが参加するならという感じで了承してくれた。

「そういうことだから、パン屋に案内をお願いできるかな？」

「すぐそこですよ。ついてきてください」

リーディアはそう言って歩き出す。

「それじゃあ行くよ」

リーディアに貰ったパンはホクトが食べきったのか、パンくずの一つも落ちていない。なにか聞きたそうにしているレイトとアデラに話は後でと、ついてくるように言っておく。

私がリーディアの後をついていくと、レイトとアデラもついてくる。

「ここですよ」

「ありがとう。それじゃあ少し待っていてもらおうかな。あとホクトをお願いね」

私はホクトの乗った杖をリーディアに預ける。リーディアの案内してくれたお店は、屋台ではなく店舗型のお店になっている。そしてお店の中からは小麦の焼けるいい匂いが漂ってくる。こんな店があるなんて全く気がつかなかった。店に入るとドアに付けられていたベルがチリンチリンと音を鳴らす。

「いらっしゃいませ」

店の中には所狭しとパンが並べられている。そして正面のカウンターには女性が一人。

「こんにちは。良ければおすすめのパンを紙袋三つ分ほどいただけますか？」

「あら、もしかしてあなた、最近露店で鍋ごと買っている方？」

「まあ、そうですね。私好みの味のものがあれば買っていますね」

「今日はうちの店で買ってくれるのね」

「流石にここにあるパンを全部、というわけにはいきませんけど」

どうやら私の大人買いは屋台だけではなくて、近所の店舗にまで噂が広まっているようだ。

「それじゃあ、全部で十八個になるわ。一つ銅貨三枚だから銀貨五枚と銅貨四枚ね。いっぱい買ってくれたからおまけして銀貨五枚でいいわよ」

「ありがとうございます」

お金を払い、紙袋を手に取る。流石に三つは持てなかったので、レイトとアデラを呼んで、紙袋を一つずつ持ってもらった。リーディアも含めて、全員が紙袋を持つ集団となる。パン屋から数分歩いた北区の裏通りにリーディアの店はあるようだった。店先に下げられている小さな看板にはリーディア薬剤店と書かれている。

「どうぞ入ってください。すぐに飲み物を用意しますね」

店舗部分を通り、奥にある作業場の更に先へと進み、応接間らしい部屋に案内される。

「あの、俺たちはそろそろ帰ろうかと」

レイトが手に持っていたパンの入った紙袋をテーブルに置くとそう言ってきた。

「まあ待ちなさい。悪いようにはしないから、このパンを食べて少し話に付き合ってよ」

レイトとアデラが一度顔を見合わせて頷く。そんな二人を見ながらソファーに座り、二人にも座るように言う。通ってきた店舗部分も作業場も最近使われた痕跡はなかったけど、掃除はされているようで埃（ほこり）が積もっているということはなかった。

お店自体は既に引退したのか、やめてしまったのかもしれない。

「お待たせ」

リーディアがそれぞれの前にハーブティーを置いていく。

「ホクトが我慢できなそうだから、話は後にしてまずは買ったパンを食べましょうか。レイトもアデラも遠慮せずに好きなだけ食べていいからね」

「ありがとうございます」

「いただきます」

お腹（なか）が空（す）いていたのか、早速パンを手に取り食べ始める。私も一つ手に取り食べてみる。

「このパンは当たりだね」

ふわふわもちもちのパン。こちらの世界のパンでは珍しい。私が今まで食べたパンといえば、少し硬めのものしかなかった。大体がスープに浸して柔らかくしてから食べる感じのものだ。それに対してこのパンは柔らかい。

「リディ、もしかして歯が弱っているとか？」

「失礼なことを言わないでください。まだまだ歯は丈夫ですよ。それよりも、同じ味だと飽きるでしょ？　これを塗ってみるといいわ」

リーディアは腰に下げていた収納袋から小瓶を取り出して、テーブルに並べる。どれも果物をジャムにしたもののようだ。

「まだその収納袋を使っているのね」

「うふふ、これは姉弟子に貰った大事なものですからね」

言わずともわかってもらえると思うけど、この収納袋は私が作ってリーディアに渡したものだ。本人のリクエストに応えてなるべく目立たないように作った。パンを食べながらリーディアの近況を聞いてみた。

リーディアは、歳を理由に数年前に引退して今は悠々自適の生活をしているようだ。家族は息子夫婦が王都の方にいるけど、今は一人暮らしということだった。

「それでエリーはどうしてここへ？　それもホクトを連れて。もしかして師匠に何かありましたか？」

「師匠は元気にしているよ。私が師匠の所を出た理由はなんとなく旅をしてみたくてね」

流石にぐうたらの魔女という呼び名を付けられるのが嫌で旅に出た、なんて言えない。姉弟子としての威厳が、威厳が……元々ないとしても、ほら、そこは、ね？

「そうそうリディ、私にも弟子ができたのよ」

「えっ？　弟子ってあの弟子ですか？」

「あの弟子って何よ。弟子といえば師弟の弟子のことよ」

「はぁ、本当に年月というのは残酷ですね」

「それって、どういうことよ」

「あのエリーが弟子を持つだなんて、昔なら天地がひっくり返ってもありえないことですからね。もしかして私の目の前にいるエリーは偽物なのかしら？」

「本人の前でそれはなくない？　まあ言いたいことはわかるけど。ただ師匠の真似事をしているだけなのよ」

「師匠の……。そういうことですか、納得できました。そのお弟子さんはなにか叶えたい願いがあり、エリーはそれを手助けしたいと思ったわけね」

「流石リディ、正解よ」

結局私がニーナを弟子にしようと思ったのはそういうことになる。師匠の家を出ていない時の私なら、治療に必要なポーションを売って終わりにしていたと思う。師匠と離れることにより、私の中でふと師匠の真似事をしてみようという考えが芽生えたのだと思う。ニーナを弟子にした結果がどうなるかはわからないけど、私にとって、そしてニーナにとっても、いい結果に終わればいいなと思う。

「それでね、リディも弟子を取ってみるつもりはない？」

「いきなり何を言い出すのですか？　悪いですけど、弟子を取るつもりはありませんよ。私はもう引退しましたし歳ですからね。昔のように指がうまく動かないですし」

リーディアは弟子を取るつもりはないと言っているけど、その言い訳に歳のことや体の衰えを理由にしているところから全く脈がないということはなさそうだ。

「リディの言いたいことはわかるわ。ただ少しだけ話を聞いてから決めてもいいと思うのだけど」

「はぁ、そういう唐突なところは昔と変わりませんね。それに言い出したら止まらないところも」

あえて口に出して言うつもりはないけど、別に唐突ということはない。

「あはは、そう褒められると照れるなー」

「褒めていませんからね」

褒めていないようだ。

「ちゃんと理由は話すからまずは聞いてよ」

リーディアは呆(あき)れたような、そして諦めたようななんとも言い難い表情を浮かべて頷いた。

「とりあえず、私から見た三人のことを話そうと思うわ。補足があるならその都度でも、話が終わってからでもいいから話してちょうだい」

アデラとレイトは何がなんだかわからないといった風に頷く。

「まずはリディのことだけど、私の知るリディは五十年前のリディなのでよくわかっていないわ」

リーディアがそれはそうでしょうというように苦笑している。

「それでもわかることはいくつかあるわ。それはね、リディが素晴らしく腕のいい薬師だということよ。それを聞いただけでアデラは興味が湧いたでしょ？」

「少し訂正ね。腕が良かったのは数年前までよ。歳を取って今ではそうではないわね」

「それは自分で作る分に関してはでしょう？　指導するのに関係ないとは思わない？」

「それはそうですけど……」

「そういうことだから、薬師を目指しているアデラにとっては、師として仰ぐならリーディアがいいと思うわ」

リーディアとアデラがお互いに顔を向き合わせて視線を合わせている。

「あの、リーディアさんはエリー姉さんが言うようにすごい薬師なんですか？」

「そうですよ。もう引退しちゃって元になりますけどね」

「もしよければ、あたしに薬師の話だけでもしてもらえませんか？」

真剣な眼差(まなざ)しのアデラを見てリーディアも何かを感じたのか少し居住まいを正した。リーディアは何かを考えるように黙ったまま瞳を閉じている。ここで私が何かを言って説得してもいいとは思えない。リーディアが自分で考えて弟子にするかしないかは決めてほしいと思う。

その方がリーディアとアデラ、そして私にとってもいい結果が得られるように感じている。

「薬師になりたい理由があるってことね。良ければその辺りの話をしてもらえないかしら」

「はい」

「あたしは今では孤児ですけど、少し前まで母さんと二人で暮らしていました。だけどその母さんも流行病で死んでしまって……」

「流行病というと、五年ほど前の話ね」

リーディアが沈痛な表情を浮かべている。その様子からリーディアもその流行病の治療に関わっていたのかもしれない。

「母さんが死んだあとあたしも同じ病気にかかったんですけど、運良く薬が間に合ったあたしは助かりました。命は助かったけど母さんを亡くしたあたしは孤児になってこの街の施設に入りました。そこであたしのような孤児を世話してくれていた姉さんがいたのですけど、その姉さんがよくわからない病気になって死んだんです。その姉さんの葬式の時に、施設を管理していた神官の「初期に薬さえ飲めていればすぐに治せたのに」って言葉を聞いてあたしが姉さんの病気に気がついていればって思ったんです」

「そうなのね。それで薬に、そしてそれを作る薬師に興味を持ったというわけね」

「はい。今はエリー姉さんが色々と教えてくれているのですけど、もっと色々と知りたいです。そうすることで、施設の同じ孤児のチビたちが病気になっても助けることができると思うんです。それにいつかは、母さんや姉さんみたいに本当なら助けることができた人を助けたいと思っています。

ただそうするには本だけの知識じゃだめなのはわかっているんです。だからリーディアさん、あたしに薬師になるための手ほどきをしてもらえませんか？」

リーディアはじっとアデラの目を見続けている。アデラも真剣な目でリーディアに視線を向けている。今アデラがした話は私も聞いていた。だから私もできる限り色々と教えてはいる。ただそれがいつまでもできるわけではない。私はいつかこの街から旅に出ることになるだろう。ニーナに教えている錬金術は、アーシアの治療という目標がある。その目標を達成できれば、後は私が直接指導しなくても錬金術を続けようと思えばなんとかなる。

それに比べて薬師というのは、膨大な薬草や毒草などの知識とたゆまぬ努力が必要になる。知識だけではどうにもならないことが多い。一欠片(ひとかけら)の分量を間違えただけでも効果が変わったりして、最悪病が悪化することもある。

まだアデラとは出会ってから長い付き合いではないけど、頑張り屋で一本の芯を持つ女の子なのはわかった。そんな彼女をなんとかしてあげたいと思っていた時に不意に訪れたリーディアとの再会、これは運命と言ってもいいのではないだろうか？　決して私が不用意に押し付けようと思ったとかではない。

「わかりました。あなたに薬師の知識と技術を教えるわ」

リーディアの中で何らかの折り合いがついたのだろう。真剣な眼差しでアデラにそう言った。

「いいんですか？」

「ただし、正式な弟子にするかは保留にさせてもらいます。まずは弟子見習いから始めてもらいます。それでもいいですか？」

「ありがとうございます。よろしくお願いします師匠」

アデラがリーディアに対して深々と頭を下げる。そのアデラを見てリーディアはひっそりと微笑みを浮かべている。

「朝は忙しいでしょうからここに来るのは昼からでいいわ。それと文字は読めるのかしら？」

「はい。図書館で勉強しました」

「よろしい。それなら暫くはここにある本を書き写す作業をしてもらいます」

レイトはそんなアデラとリーディアのやり取りを見て寂しそうな表情を浮かべている。

アデラとレイトは幼馴染のようで、いつも一緒に行動していたと聞いている。そんな関係の中、アデラが自分よりも先へ行こうとしていることに焦りや不安を感じているのかもしれない。

「レイト、そんな顔をしないの。あなたには私が魔術を教えてあげるから」

「いいんですか？」

「いいわよ。そもそも魔術は本を読んだくらいで使えるようになるものじゃないからね」

「それはわかっていたんですけど」

魔術は魔力操作を覚えて、きっかけさえ摑めば意外と簡単に使えるようになる。ただ魔術を使えるだけでは魔術師と名乗ることはできない。魔術師と名乗るには、知識も必要だけど一番必要なのは魔力になる。幸運なことにレイトが保有する魔力は、魔術師と名乗るには十分なくらいあるようだ。後は実際に魔術を使っていけばいいだけだ。

「なにはともあれ、アデラ良かったわね。頑張りなさいよ」

「エリー姉さんもありがとうございます」

アデラの頭を撫でる。

「そうだリディ、この家に空いている部屋とかないかな？　あったら借りたいのだけど」

「部屋ですか？　部屋ならいくらでも空きはありますけど？　ああ、錬金術ですね」

「そうなのよ。弟子に錬金術を教えようと思ったのだけど、いい場所が見つからなくてね」

「それでしたら部屋ではなく、作業場はどうですか？　確か錬金鍋を置くくらいの広さはあったはずですよ」

「それはいいわね。それこそ私たちと同じ環境になりそうだね」

「本当にね。なんだか楽しくなってきたわ」

二人して顔を見合わせて笑う。そんな私とリーディアを見て、アデラが恐る恐るといった感じで聞いてくる。

「エリー姉さんとリーディア師匠はどういった関係なのですか？」

見た目が若い私と、歳をとっておばあちゃんのリーディア。そんな二人が対等に話していたら疑問に思うのは当然だろう。私とリーディアは再び顔を見合わせた後、人差し指を立てて唇に持って行き、片目を閉じる。

「「それは秘密よ」」

同じ仕草をする私とリーディアは、アデラとレイトには姉妹のように見えたことだろう。

とりあえずアデラとレイトには、残ったパンを持たせて帰らせた。今ここには私とリーディアの二人だけになった。

「私が言うのは何だけど、よくアデラを弟子にするつもりになったわね」

「本当にエリーが言うことではないわね」

「理由を聞いても？　一応私が紹介したわけだし聞いておきたいかな」

「そうね。エリーに倣って師匠の真似事をしてみようと思ったのよ」

「それだけ？」

「他にはあの子を見ていると、昔私が薬師を目指していた頃を思い出したというのもあるわ。そして願いを叶えるために魔の森を越えて師匠に弟子入りしたこともね。後は、私のこの薬師としての知識と技術を引き継ぎたいという欲が出たのかもしれないわね」

「そっか。本当にそう思ったのならもう安心ね」

「何が安心なのですか？」

リーディアに自覚があったのかはわからないけど、私と再会した直後のリーディアはどこか自分の死期を悟っているように感じられた。それもアデラを弟子にすると決めた時から鳴りを潜め、今では嘘のように気力に満ち溢れているように感じる。

「なんでもないわ」

首を振って話を変える。

「それにしても私の弟子とリディの弟子。昔の私たちみたいな関係になってくれたら面白いと思わない？」

「それは楽しそうね」

リーディアはくすくすと笑っている。師匠の所で私と一緒に過ごしていた時のことを思い出したのかもしれない。

「近いうちに私の弟子をここに連れてくるわ。錬金術を実際に使って指導したいから」

「わかりました」

第七話　魔女、指導する

　ニーナを連れてリーディアの店へ向かう。ニーナには、錬金鍋を使っての錬金術を教えるための場所を確保したことと、そこにはニーナと同年代の子がいるということを教えている。そんなわけで今日はニーナがアデラたちと初めて顔を合わすことになる。錬金術師と薬師、この二つというのは結構関わりがある。お互いに共通する材料があったり、薬師が調合した素材を使うと、錬金術で作ったものの効果が上がったりする。逆に錬金術で作ったポーションなどと薬師の薬を併用すると相乗効果で効能が上がったりする。

　ただしそれも良し悪し（よしあし）があるので、お互いにそれに関する知識がないといけない。いわゆる混ぜるな危険というものだ。

　それにニーナとアデラには、昔の私とリーディアのような関係を築いてほしいというのもある。ちなみにレイトに関しては、アデラとセットのようなものなのでついでの紹介になる。

「もしかして緊張している？」

「うっ、少しだけ」

「大丈夫よ、アデラもレイトもいい子だから」

特に寄り道もせずにリーディア薬剤店へたどり着く。アデラとレイトが掃除したのか、店の外もきれいに掃除がされている。扉には閉店を表す看板が掛けられているが、鍵はかかっていないようで開いた扉を通り中に入る。

「エリー、その子があなたの弟子なのね」

「そうよ」

「はじめまして、ニーナです。よろしくお願いします」

ニーナがペコリとリーディアに頭を下げる。

「私はリーディアよ、よろしくね」

「はい」

頭を上げたニーナがリーディアに笑顔を向ける。

「アデラ、レイト、来なさい」

リーディアが二人を呼ぶと、奥の作業場を掃除していたらしいアデラとレイトがやって来た。

「はじめまして、ニーナです。よろしくお願いします」

「あたしはアデラいたっ」

「こら、あたしじゃないでしょ」

リーディアにはたかれた頭を擦る(さす)アデラ。

「私はアデラです。よろしくお願いします」

「オレはレイトだ、よろしくな」

レイトはリーディアに弟子入りしているわけではないので、特に言葉遣いで指導を受けてはいないようだ。私？　私は特に言葉遣いをどうこう言うつもりはない。別にレイトに客商売をさせるつもりはないというのもある。

「レイトくん、よろしくね」

「お、おう、よろしく」

レイトは頬を赤く染めながら返事を返す。そのレイトを見て少し不機嫌そうにするアデラ。

「アデラちゃんもよろしくね」

ニーナがニコニコと笑顔を浮かべてアデラの手を取る。

「う、うん」

なぜかアデラもレイトと同じく頬を赤く染めている。挨拶も済んだということで、早速錬金鍋が置いてある作業場へ移動する。アデラがそっと寄ってきて耳元でささやくように聞いてくる。

「エリー姉さん、ニーナみたいな可愛い子どこから連れてきたんですか？」

「私の泊まっている宿の娘さんよ。そして私の錬金術の弟子でもあるわ。頑張り屋でいい子だから仲良くしてあげてね」

無言で頷(うなず)くアデラ。歳(とし)も近いし、きっと仲良くなれるだろう。

「役に立つかはわからないけど、アデラとレイトにもこれを渡しておくわ」

私は手に持っていた本をアデラとレイトに渡す。

「えっと、『ゴブリンでもわかる錬金術入門』？」

「暇な時にでも目を通しておくといいわ」

頷くレイトとアデラ。二人は早速本を開いて目を通している。

「さてと、ニーナちゃんには事前に読んでもらっているから説明は省くわね」

「はい」

「なにはともあれ実際にやってみるのが一番いいと思うから、早速低級ポーションを作ってもらうわ」

私は用意しておいたかき混ぜ棒をニーナに渡す。

「こっちが素材ね。作り方はわかるよね？」

「はい、やってみます」

錬金鍋の前に立つニーナ。手を鍋の上にかざして「水よ」と魔術を唱える。ニーナの手のひらから水が溢れ出し錬金鍋の中へ入っていく。ある程度水が溜まったところで魔術を止める。続いてニーナは素材をまとめて鍋に放り込んだ。続けてニーナは真剣な表情でかき混ぜ棒を両手で持ち、鍋をかき混ぜ始める。ぐるぐるぐるぐる、ゆっくりと、ゆっくりと。

錬金鍋をかき混ぜている間、ニーナは手に持つかき混ぜ棒に魔力を注ぎ続けている。休むことなく、魔力を途切らせることなく混ぜ続けること数分。錬金鍋からボフッという音が聞こえ、錬金鍋から煙が立ち上った。その煙はすぐに消え、ニーナはそれを確認してから錬金鍋を覗き込んだ。

「えっと……」

ニーナが錬金鍋に手を入れ、すぐに取り出した。ニーナの両手には赤い液体の入った試験管のようなものが握られている。

「おぉー、流石ニーナちゃん。一回で作ってしまうなんてすごい」

「これが低級の回復ポーションでいいのですね」

「そうだよ。それで初めての錬金術はどうだった？」

「思っていたよりも難しくないですね」

「そう言えるなんてニーナちゃんは大物だね。私が初めて錬金術でポーションを作った時は、盛大に失敗したけどね」

「そうなのですか？」

「そうだよー。私の場合は、ニーナちゃんみたいにうまく魔力が流せなくてね。ボンッて師匠の家をふっとばしかけたわ」

あの時は死ぬかと思った。魔力が多すぎて細かい調整ができなかったせいなのだけど、魔力の流しすぎで錬金鍋が爆発するとは思わなかった。

「それじゃあ続けて錬金していきましょうか」

「はい」

ニーナはちゃんと私の渡した錬金術入門を読んでいたようで、適当に置いた材料を適切に使いポーションを作っていく。低級の治癒ポーション、解毒ポーション、状態異常を軽減するポーションなど、一つ一つ丁寧に作っていく。

「エリー姉さん、ニーナのやつ大丈夫ですか？」

レイトが心配そうにニーナを見ている。ニーナは休むことなく集中して錬金術を使い続けている。レイトが心配しているように、ニーナの体がゆらゆらと揺れている。疲れと魔力不足によるものだろう。それでもニーナはかき混ぜ棒で鍋をかき混ぜ続けている。

「別にいじわるでやらせているわけではないよ。あれはニーナちゃんに自分の限界を知ってもらう目的があるから。それにしても普通は弱音の一つくらい言ってもいいのにね。レイトは今のニーナちゃんを見てどう思う？」

レイトは私の問いには答えずに、黙ってニーナを見続けている。レイトの握られている手には力がこもっているのがわかる。ニーナの頑張っている姿を見て、自分ももっと何かができるはずだと悔しく思っているのだろう。

ふらりとニーナの体が揺れて倒れそうになったところを受け止める。ニーナは倒れながらもかき混ぜ棒を手放さなかった。私はニーナを片腕に抱きながら、作りかけの錬金鍋に向けて魔力を流す。

「こんなものかな」

錬金鍋からボフッという音が鳴り、鍋の中には中級の治癒ポーションができていた。これはニーナが作ろうとしていたものではなく、私が魔力を流したことで上位のものを作った。ちょっとした裏技だけど、足りない素材を魔力で補うことでこういうこともできる。

出来上がった中級の治癒ポーションと、ニーナが作ったポーションを収納ポシェットに入れる。これは後でニーナの成果として大将に渡すことにする。続いて気を失っているニーナから、握ったままのかき混ぜ棒を剝がし、一度椅子に座らせてから背中に背負いなおす。

「それじゃあリディ、帰るわね。レイトは無理せずにほどほどにね。教えた通りに魔力操作ができるようになったら魔術を教えてあげるから」

レイトが無言で頷くのを見てから、私はニーナを背負い宿木亭へ戻ることにした。

◆

誰かの背中におぶられているのか、どこか懐かしいような心地よい揺れを感じる。確か私は初めての錬金術をしていたような気がするのだけど、いつの間にか眠ってしまったみたい。目を開けようと思ったのだけど、眠すぎるためかうまくできない。

夢なのかな？　私の目の前にはうずくまって泣いている女の子の姿が見えている。その女の子はわたしだった。そう一年前の、おかしなものが見え始めた頃のわたし自身だ。

わたしの目がおかしいことに気がついたのは一年ほど前だったと思う。急に人や植物からモヤモヤした煙のようなものが見えるようになっていた。ずっと見えているものではないので、最初は気のせいだと思っていた。目がおかしくなったことをパパとママには相談できなかった。パパに図書館で調べ物をしたいと言って入館料を借りて図書館で調べてみようと思ったのだけど、知らない言葉や文字が出てきて結局何もわからなかった。

誰にも相談できないのに、不意に見えたりするモヤモヤ。ずっとそんな日が続くのかなと思っていたのだけど数日前に、時々目が虹色に輝いて見える人に出会った。それがエリーさんで私の師匠になってくれる人だった。

何をしているのかわからないうちに家の中庭にお風呂というものができていた。それを作ったのもエリーさんだった。そんなこともあり、なんだかよくわからない人だった。だけどお風呂はすっごく気持ちいいし、エリーさんの出してくれた石鹸(せっけん)と洗髪液というものを使ったら髪も体もピカピカになるので大好きになった。

そんなことを考えていると、いつの間にか一年前の泣いていたわたしの姿は消えていた。

それにしてもエリーさんは何者なのだろう？　もしかして魔女さんなのかな？　私の部屋にある絵本に描かれていた魔女さんとそっくりに思える。

その絵本は白い小鳥を連れた魔女さんが人々の願いを叶(かな)えながら旅をするというお話だった。結末は確か願いを叶え続けたために、どんどん体が透けていって、最後には消えてしまう。そして残された白い小鳥は、ずっと魔女さんの帰りを待ち続けるという少し悲しいお話だった。

エリーさんはわたしの目をちゃんと使いこなせるようにしてくれるだけではなくて、ママの声を治すために錬金術師になることを勧めてくれた。錬金術師になればママの声を治せるのはもちろん、ママみたいに困っている人を助けることができると聞いてやる気が出てきた。

あれ？　よく考えると、エリーさんは願いを叶えてくれるのではなくて、私が願いを叶えられるようにしてくれているのかな？　それだと絵本の魔女さんとは違うみたい。

よくわからないことを考えていたからか、すごく、ねむく……なって……。

◆

背中で眠っているニーナと共に宿木亭に入る。

「大将、ニーナちゃんが寝ちゃったので、部屋まで運びますね」

小声で大将に話しかける。

「おう、すまねえな。それでニーナはどうだった？」

「えっと、これを渡しておきますね」

収納ポシェットから、先ほどニーナが作ったポーション一式を取り出して大将の目の前に置く。

「それ全部ニーナちゃんが作ったものになります」

「お、おいこりゃあどういうことだ」

「話は後でね。まずはニーナちゃんを寝かせてきますね」

大将のもとを離れてニーナの部屋に向かう。ニーナは一年ほど前に自分の部屋を貰い、ここで寝起きするようになったらしい。部屋の中はベッドが一つ、それから机と椅子があり、ベッドの横には小さな本棚がある。

ニーナをそっとベッドに寝かせて、浄化魔法を使ってあげる。ふと本棚にある本が目に入り手に取ってみる。ずいぶんと読み込まれたようで、表紙が読めないほどぼろぼろになっている。そっと表紙を開いて中身を読み進めていく。どうやらこの絵本は魔女が小鳥と共に旅をして人々の願いを叶えていくものだった。

「もしかするとこれって、師匠とホクトの話なのかもしれないね」

最後は消えてしまう魔女と、その魔女を待ち続ける小鳥。これはあれかな、魔の森に雲隠れした師匠のことを表しているのかもしれない。これが師匠とホクトが旅をしていた頃の話なら、私も旅を続けているとこういう風に絵本や書物に書かれたりするのかな？　いつまでもお話として人々の間で語り継がれていく。それはなんだか素敵に思えた。

第八話　魔女、嫌な呼ばれ方をする

「エリーさん、頼みたいことがあります」

突然冒険者ギルドに来てほしいと連絡を受けた。なにかがあったのかと急いで冒険者ギルドに到着すると、アーヴルが呼んでいるということでギルドマスターの部屋へ案内された。そして向かい合って座ったところで言われたのが先ほどの言葉だった。

「いきなりそんなこと言われても。理由くらい言いなさいよ」

「すみません、先走りました。先日お話ししたゴブリンの集落の件です。予定通り私も同行したのですが、そこを掘り起こして確認してきました」

アーヴルはそこで一度言葉を止めて、紅茶を一口飲んだ。

「一通り集落跡を周り、埋まっていた魔石を回収した帰りです。念のために周辺の探索をすることになり、ついでに魔の森を見てみようということになりました。本当に軽い気持ちで魔の森に近づいたのですがそこで魔物の群れを見ることになりました」

「魔の森の魔物が集まっている？」

「ええ、そうです。私の見立てでは一週間後、魔の森外周から魔物が溢(あふ)れスタンピードが起きると思われます」

「それは本当なの？」

アーヴルは無言で頷く。

「それで、私は何をしたらいいのかな？　その集まっている魔物を吹き飛ばせばいい？」

「いえそうではありません。エリーさんに頼みたいのはポーションの納品です。特に治癒ポーションをお願いします」

「他の錬金術師は？」

「この街には現在、活動をしている錬金術師がいません。ギルドにも中級以下の各種ポーションでしたら多少は在庫がありますが、スタンピードが起きた場合は足りなくなると思われます」

「そういうことね。材料はギルド持ちでいいのよね？」

「できるだけ用意します」

ギルドが材料を用意してくれるのはかなり魅力的だ。ニーナに錬金術の修業をさせるのにちょうどいいかもしれない。ニーナに低級を作らせて、私は中級から上級を分業で作るのもいいだろう。ただしニーナが街に残るのならだけど。

「そうね、その話受けてもいい……そこにいるのは誰かな？」

いつの間にか部屋の中に人が増えていた。私としたことがその人物がいつ部屋に入ってきたのか全く気づかなかった。アーヴルが私の言葉で後ろを振り返り、その人物に顔を向けている。

「また窓から入ってきたのですか？」

「いやね、話し中だったから、邪魔にならないようにこっそり入っただけだよ」

金髪の二十歳くらいに見える青年が、ゆっくりと歩いてきてアーヴルの隣に座った。私が気配を感じられないほどの達人。私が警戒をしていることに気がついているのかいないのか、柔らかい笑みを浮かべている。

「アーヴル、よければそちらの方を紹介してもらえるかな？」

「そうですね。こちらの方はこのダーナの街の前領主で、ケンヤ・ダーナさまになります」

『はじめまして。僕は天城賢也といいます。ぜひケンヤと呼んでください』

久しぶりに日本語を聞いたことと、ケンヤという名前に覚えがあることに驚いた。更にこの目の前の青年に私が日本人だとバレていることにも更に驚きを覚えた。

『えっと、私は伊能英莉です、私のこともエリーでいいわ』

とっさになんと答えればいいのかわからなくなり、日本語で名前だけ答えていた。目の前のアマギケンヤと名乗った青年はいたずらが成功したとでもいうように、おかしそうに笑みを浮かべている。ケンヤ・ダーナという名前は、図書館で読んだ日記の書き手の名前だったはずだ。そしてそこにはこのダーナの街の領主をしていたと書いてあった。アーヴルが前領主と言ったことから、確実にこの青年が日記の書き手のケンヤ本人だということになる。

ケンヤは立ち上がると手を差し出してくる。私もそれに合わせて立ち上がり、彼の手を握り握手

を交わす。ふとアーヴルの方を見ると、私とケンヤが日本語で会話をしたことには特に驚いていないようだ。もしかするとアーヴルはケンヤが異世界からの転生者ということを知っていたのかもしれない。ちなみに私が異世界人だということをアーヴルは知っている。昔師匠の家で、私の常識外の魔力について聞かれた時にその辺りの話は済ませている。

「エリー、あなたとは一度会って話をしてみたいと思っていました」

「私と？　それよりもどこで私のことを？　そもそも私が日本人ってどうしてわかったのかな？」

一瞬アーヴルが情報を流したのかと思ったのだけど、そうではなかったようだ。アーヴルに視線を向けると「私ではないですよ」と言ってきた。

「それでしたらアーヴルからではなくて、図書館からの報告ですね。あそこに置いてある僕の日記を読みましたよね。あれを手に取り読めていそうな人物がいたら報告してもらっているのです」

どうやらあの日記は、日本人を判別するための撒き餌(まえ)のようなものだったようだ。二度目に図書館へ行って以降、二人が色々と気を使ってくれるようになったのは、私に対する情報収集をするようにとケンヤから指示があったからなのだろうか？　そのことを知ってしまうと図書館の二人と顔を合わせ辛(づら)くなりそうなのであえて聞かないことにする。

「それで、私に会いたかった理由は転生者だから？　まあ私は転移者の方になるのだけど」

「転移ですか？　転生者には何度か会ったことはありますが、転移者はエリーが初めてかもしれません」

「そうでしょうね。赤子として生まれる転生者とは違って、転移者はそのままの姿でこっちに来ることになるし自衛手段を持たないからね。私のようにこちらに来てすぐに庇護者に会えないと生き残ることは難しいと思うわ」

「それはなぜですか？」

「膨大な魔力といえばわかるかな。魔力目当ての魔物に狙われやすいのよ」

「そういうことですか」

転移者は膨大な魔力を持ったままこの世界に落ちてくる。ただ魔力を持ってはいても使い方を知っているわけではない。つまりは魔力を好む魔物にとっては極上の餌に見えるわけだ。私もこの世界に落ちてすぐに師匠の張った結界に入り込めなければ、魔物に食べられていたことだろう。

「転生者は魔力を神に捧げて、特別な力を貰うのよね？」

「概ねそうなりますね。僕も力を貰いましたし、今まで会った他の転生者もそうでした」

「転移と転生の違いはそこにもあるのかもね。膨大な魔力はそのまま持っているし、神を名乗るものとも会っていない。だから特別な力なんてものは持っていないわね。聞いていいのかわからないけどケンヤの力ってどんなものなの？」

「僕の力は料理ですね、あとはこれです」

ケンヤは片手を前に出すと、その手の上に光が集まってくる。そして光が収まるとその手には三徳包丁が握られていた。

「なんて言っていいか」

「ちなみにこの包丁は神器になります。そしてこの料理という力は、作った料理の味が美味しくなるというのがメインのようです。ただ僕はもう一つの力の方を重宝しています。それは……」

「それは？」

ケンヤは一度言葉を止めて、私の目を真剣な顔で見てくる。自然と私はゴクリと喉を鳴らし溜まっていたつばを飲み込んでいた。

「その能力とは、ほしい材料が手に入る場所の大体の距離と方角がわかるというものです」

「な、なんですって。何その神能力は！」

「ふふふ、やはりエリーはこの力の素晴らしさが理解できるようですね。流石屋台街で黒い悪魔と呼ばれるだけのことはありますね」

ん？　今なんかそこはかとなく嫌な単語が聞こえた気がしたのだけど。

「ねえケンヤ、その一匹見つけたら百匹はいそうな呼び名は何？　初めて聞くのだけど」

「もしかしてエリーはご存知ないのですか？　あなた屋台街では有名人ですよ」

「その話なら私も聞きましたね」

ずっと黙って私とケンヤのやり取りを見守っていたアーヴルも、知っていることのようだ。

「その不本意な呼び名はどういうことなの？　屋台街って北区の屋台が集まっているところよね？あそこで私がやったこととなると、大人買いくらいだと思うけど。むしろ売上に貢献しているのだから天使で良くない？　こんなにプリティーで可愛い女の子を捕まえて悪魔はないでしょう」

「自分で言いますか」

なぜかケンヤとアーヴルの言葉がハモっている。それは誰も言ってくれないのなら自分で言うしかないでしょう。

「エリーさんはご自分の気に入ったものを鍋ごと買っていますよね」

「そうね。好みの味のものは大人買いしているよ」

「それでは、好みでない味のものは？」

「食べはするけど、それ以上は買ってないかな」

「つまりそういうことですよ」

「どういうことよ」

わざわざ自分の好みでない味のものを買う趣味は流石にない。そこを非難されるいわれはないと思うのだけど。

「黒い悪魔というのは、黒いローブを着た女性が気に入ったものを根こそぎ買っていく一方で、その女性に認められなかった屋台は売上がぱったりとなくなることからそう言われるようになったようですよ」

「いやそれこそ私と関係ないでしょう。あくまで私の好みではなかっただけで、美味しくないってわけでもないでしょ？　いやたまに全然美味しくないのもあったけど」

「それでも、エリーに買ってもらえなかったお店にとっては悪魔のようなもので、屋台界隈でそう呼ばれ始めたというわけですよ」

理不尽な。やった行為とそのために起きた結果は認めなくもない。ただその黒い悪魔という呼び名は改名を要求したい。せめてもっとこう可愛い呼び名にしてほしい。

「まあエリーの場合は、どうやら買わなかった店でも一言アドバイスをしているようですけどね」

「アドバイス？　私そんなのした覚えはないのだけど？」

ケンヤが言ったことに全く覚えがない。

「無自覚ですか。エリーは食べた後に、これに何をどれくらい入れたら美味しくなるかなと呟いていたと聞いていますよ」

むむ、覚えがあるようなないような。でもアドバイスとして言ったわけではなくて、心の声が漏れただけだと思う。

「はぁ、なんというか、気分的に屋台に行きにくくなるわね」

「そう言わないで行ってあげればいいでしょう。彼らも再戦を望んでいるみたいですよ」

「再戦ってなによ。別に戦っているわけではないでしょうに」

「同じ料理をする者として、彼らの心意気は理解できますから」

「なんだかなー。まあいいけど、私は私がしたいようにするだけよ」

屋台での買い食いをやめるつもりはないので、気にしないことにする。

「そろそろ話を元に戻してもいいですか？」

アーヴルからは疲れたといった雰囲気が出ている。

「えっと、ケンヤのスキルのことだったかな？」

「違います。その件は後ほど二人で話してください。スタンピードが起こるので、ポーションの納品をお願いするという話です」

「あー、そんな話もしていたね」

「その話しかしていませんでしたが」

「そう、それだよ。僕もその話を聞きに来た。それでスタンピードは確実に起こるってことでいいのかな？　もし起こるなら、この街にはいつくらいに来ると予想できるか教えてほしい」

ケンヤが先ほどまでとは違い真剣な表情を浮かべている。

「スタンピードは確実に起きます。私がこの目で見てきましたし、同行していたゴールドランクの魔術師も同じ見解でした。私と彼女が出した予想では、期限は十日といったところですね」

「十日、これは急いだ方が良さそうだね。領主の方には僕から知らせておくよ。改めて特別依頼が出ると思うから手助けをお願いするよ」

「周辺の村々に赴いての避難誘導ですね。誘導先はこの街でよろしいですか？」

ケンヤが頷いて返す。

「そうと決まれば僕は戻るよ。エリー、話の続きはスタンピードが終わってから改めて。その時には食事をご馳走させてもらいますよ」

「楽しみにしておくわ」

ケンヤは座っていたソファーから立ち上がると窓を開けて出ていった。

「あの方はまったく。それでエリーさんにはポーション作りをということですが」

「受けるけど、ギルド内に錬金術ができる場所を用意してほしいかな。今錬金術をしている場所からできたものを運び出すのは色々と面倒だから、ギルド内で作ったら楽だからね」

「そういうことでしたら、下の酒場を使ってください。テーブルをどければ十分な広さは確保できると思います」

「場所はそれでいいわ。後は相応の報酬」

「報酬もお約束させていただきます。要求は以上ですか？」

「いえ、最後にもう一つ。ある素材を取り寄せてほしい」

「錬金術の素材ですか？」

「ええ、この辺りでは手に入らないものでね。セイレーンの涙を取り寄せてほしい」

セイレーンの涙というのは、アーシアの声を治療するために必要な素材になる。他の素材は既に用意できていたのだけど、海が近くにないこの街では手に入りにくいものになる。

「セイレーンの涙ですね。わかりました、手配しましょう。ただすぐには無理ですので、それだけは了承してください」

「わかっているわ」

「話はこんなところですね。スタンピードに関しての発表は明日になります。避難させたい者がいるのでしたらそれまでに済ませておくといいでしょう」

どういう形で発表されるのかはわからないが、今のうちなら街を出て避難できるということだろう。発表がされた後だと、逃げ出すこともできない状態になるのかもしれない。

「わかったわ。教えてくれてありがとう」

「ポーションの納品をお願いしておいてなんですが、エリーさんが付き合う必要は――」

「私がスタンピード程度で逃げ出すと思っているなら心外だわ。それにケンヤとの約束もあるからね。いざとなったら助けてあげるから安心しなさい」

アーヴルはどこか申し訳なさそうな、そして安心したようなそんな表情を浮かべていた。

◆

そこら中でスタンピードの話がされている。そして冒険者ギルドの依頼内容が変わった。どう変わったのかというとアイアンランク以下は街の外へ出る依頼がなくなった。今ある依頼の大半が、ポーションを作る素材の採集になっている。原因はどう考えても私とニーナが材料のある限りポーションを作り続けているせいだろう。

そしてシルバーランクは魔の森までの大掛かりな探索や討伐、それから魔の森の監視という依頼が貼り出されている。メインとしては魔の森から少しずつ溢れ出し始めた弱い魔物を間引くといったものだろうか。

そしてついに魔の森から魔物が溢れ出しそうだという話が流れてきた。少しずつ魔の森の外周から追い出されていた弱い魔物の数が減り、ほとんど魔の森から魔物が出なくなっているようだ。

こうなるとスタンピードがいつ起きてもおかしくない兆候なのだとか。私自身スタンピードは師匠の家にいる時に一度だけ経験したことがある。といっても、師匠の張った結界を越えられる魔物はいなかったので、結界の中から一方的に魔術と魔法で殲滅(せんめつ)しただけなのだけど。

あの時の原因は強い魔物が魔の森の奥で生まれたことにより、押し出されてきたというものだった。今回も似たようなものかもしれないが、正確な原因はまだわかっていないようだ。

ついにスタンピードが起きるというわけで、冒険者ギルドから街にいる全冒険者に向けて緊急招集が行われた。酒場のスペースでしていたポーション作りは一旦やめてニーナと一緒に冒険者ギルドから外に出る。ギルドの前には多くの冒険者が集まっている。

「エリー姉さん」

聞き覚えのある声が聞こえたのでそちらを見ると、アデラとレイトが孤児たちと一緒にいるのが見えた。依頼料が増えて稼ぎ時ということで、二人ともギルドに来ていたのだろう。

「アデラ、レイト、調子はどう？」

「こう言ってはだめなのだろうけど、いい稼ぎにはなりましたよ」

「まあ、無理だけはしないようにね。弟子に何かあればリディも悲しむだろうから」

　アデラが頷く。話を聞くと、この招集が終わったらリーディアのところに行って薬の調合を教えてもらうようだ。

「ニーナも来たんだな、ニーナって確か冒険者になってないよな？」

「そうだけど、ずっとギルドの中でポーションを作っているから」

「そういやニーナの噂を聞いたよ。なんでも天才錬金術師なんだって？」

「あ、あはは」

　ニーナは少し恥ずかしそうに笑っている。なぜそんな噂が出ているかというと、ニーナの調合を見ていた人が、全く調合に失敗しないさまを見てそんな話を言い触らしているようだ。どうやら今の錬金術界隈はあまり優秀な人がいないようで、成功率が七割を切っているらしい。

　そんなわけで、全く失敗しないニーナがすごいということになったようだ。私から言わせれば低級ポーション作りで失敗する理由は魔力制御がなってないからだと思う。魔力制御さえできていれば普通は失敗する方が難しい。私も最初は魔力を多く注ぎ込みすぎて爆発させたので人のことは言えない。今はそんなことないけどね。

　そんなことを考えながらギルドを出た所で待っていると、アーヴルと貴族に見える女性が三人出てきた。女性のうちの二人は護衛のようで顔がそっくりなところから双子のようだ。

「ダーナの街の冒険者諸君、話は聞いていると思うがこの街へ魔物の群れが迫っている。そのような中で街を守るために集まっていただいたことにギルドマスターとしてまずは感謝を」

　そう言ってアーヴルが頭を下げる。

「既にパーティを組んでいるものは後ほどパーティ単位での防衛箇所を振り分けます。話が終わったところでパーティリーダーはギルドの中へ来てください。ソロの方は臨時のパーティを組んでいただきますので、このままこの場に残りギルド職員の指示に従ってください。報酬に関しましては期待してもらってもいいでしょう。こちらにおられるご領主さまのご息女、アデリシア・ダーナさまから報酬に関しては保証をしていただいています」

　アーヴルと入れ替わるように前に出てきたのは、金色の髪をドリルヘアーにした二十歳くらいの女性だった。アデリシアはスカートの裾をちょこんとつまみ、きれいなカーテシーを決めてみせた。

「はじめまして冒険者の皆さま。わたくしはアデリシア・ダーナです。この度は、この街の危機にご協力いただいたことに感謝を。この街を預かる領主の一族として皆さまに敬意を。不躾になりますが皆さまの行いに対しては、アイアン以上の方には大金貨一枚をお約束いたします。そしてブロンズとウッドの方々には金貨一枚を支給させていただきます。それ以外にもそれぞれの功績により追加での報酬も用意させていただきます。金品での報酬となりますが、街をそして皆さまそれぞれの守りたいもののためにどうかお力をお貸しくださいませ」

　そう言って頭を下げる、どう反応していいかその場にいる人たちは固まっている。そりゃあ冒険者にとっては領主のお姫さまなんて高嶺の花といったところだろう。そんな人に頭を下げられてどう反応したらいいか困っているのだろう。

あまりの静けさに戸惑った表情で頭を上げるアデリシア。仕方がないのでパチパチと手を叩く。私が手を叩いたことで周りの人たちも手を叩き始める。広がっていく拍手の中には「俺はやるぜ」や「ここは俺たちの街だ。守るのは当然だぜ」といった声がそこかしこから聞こえる。領主のお姫さまに頭を下げられて奮起しないようじゃ冒険者の名がすたるってものだろう。お姫さまが下がり再びアーヴルが前に出て場を落ち着かせる。この後アーヴルが話を引き継ぎ、魔物の素材や魔石は領主が全て買い上げて上乗せの報酬として支払われるようだ。領主が買い上げた素材はオークションに掛けられるので、ほしい人はそこで競り落とせということだろう。

「冒険者の諸君、この街を守るために力を貸してください」

最後にそう締めくくり、アーヴルとアデリシアとその護衛は冒険者ギルドの中に入っていった。

第九話　魔女、戦う

「これは北門に向かう馬車へ運んでくれ」

「はい」

ギルド職員の指示の下、ウッドからアイアンの冒険者たちがポーションの詰め込まれた箱を北門へ向かう馬車に積み込んでいく。

「こっちの方は南門だ」

まだまだポーションには余裕はあるが念のために私は大きな錬金鍋で中級ポーションを作っている。ニーナが使っているものとは違い、この大きな錬金鍋だと普通よりも少ない材料で効率よく大量に作ることができる。ただし大量の魔力を消費するので使うことができる人は限られている。

ちなみに中級の治癒ポーションは、腕がちぎれても腕ごと持ってきてもらえればくっつけることができるくらいの回復効果がある。

魔の森から溢（あふ）れた魔物によるスタンピードが始まって既に三日経（た）っている。最初は北と西方面から散発的に現れていた魔物はいつしか街を全方位から攻めてくるようになっていた。門のない東と西は城壁の上から魔術師と弓を使える冒険者と貴族が攻撃することで比較的安全に魔物を倒すことができているようだ。ただし倒せたとしても素材を回収できないので、結局は素材も魔石も魔物に糧として利用されている。魔石を取り込んだ魔物は進化をすることがある。それはそれで問題ではあるが、今は魔物が強くなるよりも、いかに数を減らせるかが勝利への鍵となっている。

「ニーナちゃん大丈夫？　しんどくない？　きつければ休んでいいからね」

「まだ、大丈夫、です」

ニーナは限界ギリギリまで休むことなく低級ポーションを作っている。自分の限界はわかっているようで、ギリギリまで作るとちゃんと休憩を入れている。これでも最初に比べるとずいぶんとましになっている。それは途中からレイトとアデラがニーナをサポートするようになったからだ。

ニーナが何度目かの休憩をしている時、レイトが一生懸命に頑張るニーナを見て自分にできることはないのかと聞いてきた。そこで私はニーナの代わりに魔術で水を入れてあげればいいと教えてあげた。錬金術に使う魔力水は別に本人が作ったものである必要はない。魔力水をレイトが代わりに作ることでニーナの負担はずいぶんと減ることになる。

そのうちアデラも加わり素材を錬金鍋に入れる作業をしている。その結果ニーナの負担がずいぶんと減り、ニーナはひたすら錬金鍋をかき混ぜることに集中できている。

「さてと、ニーナちゃん、それが終わったら少し休むように。私は少し様子を見に行ってくるわ。アデラとレイトも休みなさい」

「はい、師匠」

「それじゃあリディ、ホクト、ここは任せるわ」

「わかったわ。エリーも気をつけてね」

「ホォホォ」

リーディアとホクトがいれば不測の事態が起きてもなんとかなるだろう。ギルドから出ると広場では、戦闘に参加していない街の住民が協力して炊き出しを行っている。それはここ北区広場だけではなく、他の広場でも同様に行われている。門から広場までの行き来は馬車を使う。

北門と南門に運ばれている低級ポーションでは治療しきれない傷を負った人は、馬車で冒険者ギルドまで運ばれて治療を受けることになっている。仮に緊急を要するような重症の場合は、少量ながら各門に用意されている中級ポーションが使われることになる。

北門は冒険者が担当していて、南門は貴族が担当しているようだ。

北門にたどり着き城壁へ登ると、他の冒険者と共にアーヴルがいるのを見つけた。

「アーヴル、どんな感じ？」

「エリーさんですか。そうですね、今のとこは順調です。どうやら魔の森から溢れる時に魔物同士の戦いがあったようで思っていたよりも数が少なくなっているようです」

城壁の上から外を見ると私が最初に訪れた時と地形が変わっていた。一番外側にある外壁の外には元々堀がなかったのだけど、スタンピードの兆候が確認されたことで急遽（きゅうきょ）街を囲むように堀を作ったのだろう。堀は一箇所だけ通路が作られていて、魔物をそこに誘導して集中攻撃を浴びせることで、強力な魔物だとしても倒すことができているようだ。

急ピッチで作られた堀なので、特に固めているわけではない。そのため一度落ちれば這い上がることが難しい。それは魔物も人も同じなので、堀の近くで戦わないようにと通達がされている。

「こっちは問題なさそうだね」

「そうですね。魔の森の魔物とはいえ魔の森から出てしまえば魔力不足に陥り弱体化しているのも大きいかもしれません」

「そう考えると余計に魔物が魔の森から出てきた理由がわからないね」

「そうですね」

この調子なら今回のスタンピードは大した被害もなく終わると思うのだけど、私にはそうはならないという予感がしている。

「そういえばこの国の貴族って強いの？」

この北門から正反対にある南門へ視線を向ける。

「エリーさんはこの国の貴族についてあまり知らないのでしたね」

アーヴルの言葉になにか変なことを聞いたのかと首をかしげる。私の想像する貴族というのは優雅にパーティを開き、お茶会をしているイメージが強いのだけど。特に今は他国と戦争をしているという話も聞かないので戦っているイメージがあまり湧かない。

そんなことを考えているとアーヴルがこの国の貴族について教えてくれた。どうやらこの国の貴族というのは脳筋集団と言っていいようだ。

「この国の起こりは、冒険者だった建国王が邪竜を倒したことで生まれたと言われています」

そう言って始まったアーヴルの話をまとめるとこうなる。元々この国のあった場所は邪竜が餌場として利用していた土地で人がほとんど暮らしていなかった。そこへ一つのパーティがやって来て邪竜を倒したことで国が作られた。

「そういうわけでこの国の貴族は、冒険者が功績を打ち立てることで貴族になる例が多いのです。そしてそれだけではなく、ほぼ全ての貴族が一度は冒険者になることが半ば義務のようになっています」

どうやら貴族だろうが王族だろうがそれこそ男女関係なく、成人前に家から一度出るようだ。そして貴族に連なる者という立場から抜け出して、一人の冒険者として国を回るのだとか。

例えば「何？　八男のくせに家を継ぎたいだと？　ならば冒険者となり兄や姉よりも功績を立ててくるが良い」とか、「ほう？　家を継ぎたくないだと？　ならば冒険者となり好きに生きるが良い」などという、嘘か本当かはわからない話が日夜繰り返されているのだとか。

一度冒険者になり、そのまま冒険者という立場が気に入り、跡継ぎが戻らなかった。なんて話はよくある話のようだ。よくそんな感じで国家運営ができるなと呆れたけど意外とうまく回っているようで、世の中わからないものだ。

そんなわけで、南門に集まっている貴族たちはそこらの冒険者よりも強いということになる。この国の貴族は一度は冒険者になることがわかっているので、冒険者になる前から相応の訓練を受けているのも大きいのだろう。そもそも貴族ということで、お金を使い装備を揃えられるのも強みの一つになっているようだ。

「そういうわけなので、南の方は問題ないでしょう。東と西に関しましても堀を越える魔物は今のところいないようですので、無理をしない範囲で数を減らす方向で対処していただいています」

「そうなのね。まあ私の力が必要になったら遠慮なく言いなさいよ」

「その時が来ましたら存分に頼らせていただきます」

「それじゃあストレス発散にドデカイ攻撃を一発してからギルドへ戻るね」

「ほどほどにお願いしますよ」

アーヴルに頷いて収納ポシェットから杖を取り出して前方へ向けて構える。

「風よ、切り裂け」

魔物の集まる一帯に向けて風の刃を水平に飛ばす。魔物の集団はズルリと上半身と下半身が分かれたことにも気がつかず、下半身のみ数歩進んだ所で一斉に倒れた。それを見ていた冒険者たちの間に沈黙が流れるが、アーヴルが声を張り上げてこちらの攻撃だと伝えたことで歓声が沸き上がる。

アーヴルの指揮の下、残った魔物を倒した冒険者たちが城門の内側へと戻ってくる。見える範囲の魔物は一掃されたようで、暫く休むことができるだろう。

見える範囲の魔物が一掃されたためか、後続の魔物が現れない。どうやら一部の魔物には理性がまだ残っているようだ。つまり今回のスタンピードは洗脳されて操られているというわけではないのだろう。そのことを考えると、何かに追い立てられているというのが有力に思える。

追い立てられた魔物が倒されることで空白が生まれる。その空白分魔物を追い立てている何かとの距離が空き、暴走していた魔物もある程度理性を取り戻してきているのかもしれない。

「ほどほどにと言ったはずですが」

「何を言っているの？　あれくらいアーヴルにもできるでしょうに」

「できますが、仮に私が同じことをしてしまえば魔力が尽きますよ」

「これで下の冒険者たちは少しゆっくりできるでしょ？　それじゃあ私は城壁を一周してから戻るね」

私はアーヴルと別れ、城壁の上を歩きながら適当に魔物を減らして冒険者ギルドへと戻った。

◆

あれから更に三日経った。

私が時々城壁に赴いて魔物を間引いたためか、街までやってくる魔物の数が減ったという話を聞いた。それを聞いてスタンピードの終わりが見えてきたと思った。だがその思いをあざ笑うかのようにそれはやって来た。

北門の城壁にいるアーヴルから緊急の呼び出しがあったので向かうと、高さが城壁の倍ほどの大きさの真っ黒な龍（りゅう）が向かってきているのが見えた。城壁が大体高さ十五メートルと考えると、その体長は三十メートル近くあることになる。

「あれが原因でしょうね」

「そうとしか思えませんね。あれはいったい」

バサリと空からホクトが降りてきた。ギルドの方でなにかがあったのかと思ったのだけど、あの龍がやって来たことで様子を見に来たようだ。

「ホゥホゥ」

「アーヴル、どうやらあれと戦わないといけないみたいだよ」

「そのようですね。あれに対抗できそうな人を集めます」

アーヴルが近くにいた冒険者数名に指示を出し始める。

「流石（さすが）に私たち二人じゃキツイよね。あれ一体ならいいけど、周りのも厄介そうだし」

まだ距離が離れていてよくは見えないが、あの龍の足元にも大型の魔物が付き従っているようだ。

「エリーさんが本気を出せばどうですか？」

「森が消滅して地形が変わってもいいのなら」

「それはやめてもらいたいですね」

「それに私が目立つのもね」

「手遅れといいますか、今更だと思います」

「ホォホォホゥ」

「くっ、ホクトにまで呆れられるなんて」

黒い龍の歩く速度は緩慢で、牛歩のように遅い。どこから来たのかわからないけど、魔の森の奥からあの速度で歩いてきたと思うとなんか面白い。見た目に関しては龍と言っているけど蛇に手足を生やしたタイプのものではなくて、西洋風の翼竜の方が近いと思う。有名なゲームに出てくる龍の召喚獣を想像してもらうとわかりやすいと思う。

この世界では龍と竜は別の存在になる。どちらも魔石を持たないので、見た目に反して魔物に分類されていない。竜は動物に分類され、龍は神の眷属（けんぞく）という扱いが一般的な考えになっている。

ただし、目の前の龍は魔物のようにしか見えない。空を飛ぶための翼を持つ黒い龍が、わざわざ地上を歩いていることから理性があるようには見えない。そうなると何かに操られているといったところだろうか。地上を歩く姿は滑稽だけど、あの黒い龍を見た人は今回のスタンピードの原因がこの黒い龍だと理解できただろう。

「ホォホォホゥ」

「そういうことか――」

「何がそういうことなんだ？」

声をかけてきたのはゴールド冒険者のグラシスだった。グラシスの後ろにはパーティメンバーの魔術師と、十歳くらいの子どもに見える小人族の女性にドワーフの男性がいるのが見えた。

「黒鉄の金獅子の皆さんよく来てくれました」

「ようギルマス、呼ばれてきたが相手はあれか？」

グラシスが少しずつ近づいてきている黒い龍に視線を向ける。

「あれは少し大変かもしれないね」

「ケンヤ殿」

続いて鎧姿のケンヤとメイド服を着た女性が三人ケンヤに付き従っている。なぜ戦場でメイド服を着ているのだろうか？　その服装で戦闘をしていたのだろうか？　と、どうでもいい疑問が頭に浮かんでは消えた。それとケンヤたちの後ろには十人ほどの騎士がいて、その騎士の中にはアデラとレイトを助けた時に遭遇した銀髪の男がいるのが見えた。どうやらあの男性はケンヤの関係者だったようだ。

「ゴールドランクパーティ黒鉄の金獅子、そしてケンヤ殿にはあれを倒す手伝いをしていただきたいと思います」

人の目があるからか、アーヴルがケンヤに殿と敬称を付けている。私も気をつけた方が良さそうだ。ケンヤが許してくれても周りがうるさいかもしれない。

アーヴルは黒い龍に一度視線を送ってから、グラシスとケンヤに向けて頭を下げる。

「今この場にいる皆さまはこの街にいる最高戦力だと思っています。どうか力をお貸しください」

「あれを見て逃げ出すようじゃゴールドランクを名乗れねーからな」

グラシスはやる気のようだが、小人族の女性は嫌そうな顔をしている。

「街を守るのはここダーナの前領主であり、領主一族としては当然のことです。頼まれなくても戦わせてもらうよ」

ケンヤもやる気十分のようで、黒い龍を睨みつける。

「それでどうするよ？　あの黒い龍の足元にいる魔物も様子がおかしいようだが」

グラシスの言葉に全員が黒い龍の足元を見る。グラシスが言うように黒い龍の足元には魔物が付き従っている。ただその全身は黒く染められていて黒い龍の影響を受けているのがわかる。

「自己紹介をしている暇はなさそうだね。ただ私の素性だけは教えておくわ。それを聞いて私に協力してもらえるかは各自で判断してほしいと思います」

私が声を上げると、この場にいる全員の視線が私に集まる。

「私はエリー。魔の森の魔女の弟子を名乗っています。そしてそこにいるアーヴルの姉弟子でもあります」

皆の視線がアーヴルに集まると、私の言葉を肯定するように頷く。

「それじゃあここからが本題。あの黒い龍の相手は私がするので皆さんにはそれ以外の魔物の相手をしてほしいと思います」

「おいおい、嬢ちゃん一人であれを相手するっていうのか？」

「あの黒い龍、とりあえず瘴龍とでも呼びましょうか。あの瘴龍から漏れ出た瘴気を受けたことで魔物が蝕まれて、ああなっていると思われます。そしてあの瘴龍の瘴気は人にも影響があります。瘴龍本体ほどではないですが、周りにいる黒い魔物も危険なことに変わりないです。それでも皆さまには黒い魔物の処理をお願いしたいと思っています」

「瘴龍と一人で戦うということは、エリーには瘴龍の瘴気が効かないとうことですか？」

「ケンヤさまの言う通り、私はあの瘴気の影響を受けません」

人前なので念のためケンヤをさま付けで呼んでおくことにする。私がさまを付けてケンヤを呼んだためか、一瞬嫌そうにケンヤの表情が歪んだ気がしたけどきっと気のせいだろう。

「ちなみにどうして影響を受けないかを聞いても？」

「そうですね。言葉で説明するよりも見てもらった方が早いかもしれませんね」

私はそう言ってから、普段は体の内に秘めている魔力を放出して体に纏う。

「これは、すごい、ですね」

全員が魔力を纏う私の異質な気配を感じ取ったのか顔色が悪い。平気な顔をしているのはアーヴルとケンヤ、それとグラシスの三人だけだ。

「魔纏と呼ばれている技術ですが、これをすることで瘴気の影響を受けなくなります」

一度魔纏を解いて集まっている全員を見回す。

「そういうわけなので、あれは私に任せてほしいです」

「つまり俺たちは嬢ちゃんの戦いが邪魔されないように周りの魔物を狩ればいいんだな？」

「お願いできますか？」

「ここらでいっちょドラゴンスレイヤーにでもと思ったが、今回は仕方ねーか。お前らもそれでいいよな」

グラシスがパーティメンバーに話しかける。

「グラシスに任せるわ」

「あーしは瘴龍を相手しなくて済むなら問題ないっすよ」

魔術師と小人族の女性がそう答え、ドワーフの男性は無言で頷いている。

「僕たちの方も問題ありません」

ケンヤも賛同してくれたようだ。

「アーヴルとケンヤさま、それからグラシスにはこれを渡しておくわ」

私は収納ポシェットから小瓶を三つ取り出して一つずつ手渡す。

「これは？」

グラシスが受け取り軽く振っている。

「エリクサーよ。決してエリー草ではないからね」

「ぶっくっくあはははは、エリクサーでえりー草ですか、あはははは」

どうやらツボに入ったようでケンヤだけが爆笑をしている。

「本物か？　エリクサーってあれだろ、死者すら生き返らすっていう」

「死んだ人は生き返らせられないけど、生きてさえいれば一滴で大抵の傷は直せるわ。それとあの瘴気を受けても治療ができるから、もしもの時はためらわずに使って」

「そういうことならありがたく受け取っておく」

「もしもの時は使わせていただきます」

「あはは、はぁ。ありがたく受け取らせてもらうよ」

「お礼は前言っていた美味しいご飯で」

「わかった。この戦いが終わっ――」

「おっとケンヤさまそれ以上言ってはだめですよ」

「危ないところでした、もう少しで死亡フラグを立てるところでした」

私とケンヤは二人して笑う。周りの人は何がおかしいのかわかっていないようだけど、私とケンヤが笑っているのを見て、多少なりとも緊張が解けたようだ。

「準備はいいですか？」

アーヴルの言葉にそれぞれが覚悟を決めたように頷く。

「では行きましょう」

「「「おう」」」

瘴龍は森を抜け、もうすぐ前方にある丘へと差し掛かろうとしている。先ほどまでは城壁の上からでしか見えなかった瘴龍の姿が、城壁の下にいた冒険者たちにも見え始めたようでどよめきが広がっている。私たちはその冒険者たちを鼓舞するようにあえて目立つように大声を上げ、進行方向にいる魔物たちを斬り伏せながら一直線に瘴龍へと向かった。

◆

瘴龍へと一人向かっていくエリーを見送る。俺たち黒鉄の金獅子とギルマスは黒く染まった魔物と戦っている。俺のパーティでの戦い方は至ってシンプルだ。戦士の俺が前で戦い、魔術師のアナベラが火力を担当している。小人族のシャララは斥候として遊撃。神官戦士であるドワーフのタルドが最後尾で背後の警戒を担当するといった感じになる。

「なあギルマスよ、本当に嬢ちゃん一人で大丈夫なのか？」

「問題ありませんよ。むしろ私たちが近くにいる方が邪魔になります」

「そんなにか？」

「ええ、それにエリーさんが本気を出せば森ごとあの瘴龍を消すこともできたはずです。それをしなかったのには何か理由がありそうです」

「するってーと、嬢ちゃんは何か一人で戦う理由があって、あの瘴龍ってやつとタイマン張ろうってわけか？」

「そうだと思います」

俺は大剣に魔力を流し込み魔剣の力を解放する。手に持つ魔剣が光を纏うのを確認してから、そのまま黒い魔物へと振り下ろす。どうやら瘴気と俺の魔剣は相性がいいようで、手応えを感じることなく魔物を斬り伏せることができた。

「うらっしゃー。思ったよりも弱いな」

「あーしの攻撃は全く効かないみたいっすよ」

「どうやら瘴気には光属性が効くようね」

アナベラが光の矢を魔物に打ち込むと、魔物の瘴気が消えて魔物本来の姿を取り戻している。

「ふんっ」

本来の姿に戻った魔物に向かってすかさずタルドが斧(おの)を振り抜く。

「どうやら光の魔術を当てると瘴気が薄まるみたいっすね」

タルドによる攻撃を受けた魔物は、その身が上下に分かれて倒れ伏すのが見えた。

「シャララ、ケンヤさまにこの情報を伝えてきてくれ」

「了解っす」

シャララが駆け出していくのを見送り、俺たちは戦い続ける。アーヴルとアナベラが光の魔術で瘴気を吹き飛ばし、俺の魔剣が瘴気ごと敵を切り裂く。シャララがケンヤに報告を終えて戻ってきた頃にはあらかた魔物は倒し終えていた。

少しは一息つけるかと考えたところで瘴龍が空へと上がっていくのが目に入った。ただしそれは瘴龍が自ら空へと飛び上がったわけではないようで、すぐに地上へと頭から落ちていくのが見えた。

◆

「そういうことですか、情報ありがとうございます」

「それではあーしは戻るっす」

小人族のシャララが駆けていくのを見送り僕は周りに指示を出す。

「マリナとエリナはサリナの守りを、サリナは光の魔術で瘴気を消してください。騎士は瘴気の消えた魔物の処理をお願いします」

「「かしこまりましたケンヤさま」」

マリナとエリナに守られたサリナが光の魔術で瘴気を消す。すかさず騎士たちが洗練された連携で次々と瘴気の消えた魔物を倒していく。

そして僕は一人で瘴気の消えていない魔物へと向かう。

「さてと、どう料理しようかな」

僕は三徳包丁、雪月風花と名付けた神器を手に持ち、瘴気に包まれた魔物へ振り下ろす。

「瘴気といってもこんなものか」

流石は神器といったところか、瘴気など全く物ともしないようだ。ついでに魔物の血を吸ったことで雪月風花は少し大きくなる。そのまま続けて魔物を処理しながら、時折エリーが戦っている瘴龍の様子を確認をしている。エリーの攻撃によるものか見るたびに瘴龍の姿が小さくなっているようだ。

あらかた黒い魔物を倒しきったところでサリナたちと合流して周りを見渡す。どうやらアーヴルたちの方も魔物を倒しきったようだ。僕たちが黒い魔物と戦っている間に他の魔物は冒険者たちに倒されるか逃げ出したようで、動いている魔物の姿は見えなかった。

「マリナ、大丈夫ですか？」

「申し訳ございません、少し瘴気に触れてしまったようです」

「マリナは悪くないです、マリナはボクをかばって」

僕の従者で家族の一人である人族のマリナの足は瘴気に触れたためか黒く変色しているようだった。どうやら瘴気に触れた箇所は黒く変色した上に動かすことができなくなるようだ。

「謝る必要はないですよ。とりあえずエリーから預かったエリー草、ではなくてエリクサーを使ってみましょう」

同じく僕の従者であり家族の一人であるドワーフのエリナの頭を軽く撫(な)でて落ち着かせる。

「さてと、効果があればいいけど」

取り出したエリクサーの蓋を開けて中身を一滴マリナの黒くなった足へと垂らす。たった一滴のエリクサーがマリナの足に触れる。すると瞬きをするほどの時間もかからずに、瘴気によって黒く染まっていたマリナの足が、元の色を取り戻した。

　エリクサーの効果はそれだけではなく、直接触れた足以外にあった傷さえも治していた。

「これはまたとんでもないものだね。流石は伝説に謳われるエリクサーといったところか」

　エリクサーの入った小瓶を手の上で転がしながら僕は苦笑を浮かべる。

　不意にドゴンという音が聞こえてきた。そちらに目をやると、最初の半分ほどの大きさになった瘴龍が空へと打ち上げられていた。そして地上へと落下を始めた瘴龍が白い光のレーザーのようなものに貫かれる姿が見えた。

◆

「さてとやりますか」

　私は魔力を解放して魔纏を使う。私の魔力に反応したのか瘴龍が私に顔を向けてくる。どこかで見た覚えがある姿から、あの体のベースとなっているのは火龍山の主である、火龍のものだとわかった。理由まではわからないが、体を瘴気に乗っ取られて今の状況になっているのだろう。

　そして私の目は瘴龍の内側にあるものを捉えている。それは目の前にいる瘴龍を小さくしたような姿をした、火龍の姿だった。意識があるのかはわからないが、未だに生きているのはわかる。あの火龍に気がつかなければ、多少森の一部が消し炭になったとしても魔術で消滅させた方が簡単だ。

つまり私はあの火龍を助けるつもりでいる。

私を標的としたようで、歩みを止めた瘴龍は不格好だった二足歩行をやめて四つん這いになる。

「ぐるぁぁぁぁ」

威嚇するような咆哮を上げたかと思うと、大口を開けて私を飲み込もうと迫ってくる。明確な捕食対象を見つけたためか、先ほどまでのゆっくりした動きではなく、その動きは素早い。

「よっと」

私は瘴龍の顔へ向かって飛び上がる。四足になったことで高さは大体半分ほどになっているが、それでも十五メートルはあるだろう。そして私は瘴龍の勢いを利用するようにその額へと拳を叩き付けた。

「グギャウ」

瘴龍は可愛らしい声を上げながら私に殴られた勢いのまま倒れ伏した。そして瘴龍の体から溢れ出した瘴気が私を包み込むようにまとわりついてくる。ただしその瘴気は、魔纏を使っている私には全く影響がない。それどころか私の魔纏は瘴気が触れる側からそれを浄化していく。

なぜそうなっているのか答えは簡単。私の魔纏が光属性になっているだけのことだ。攻撃という点では魔力を注ぐことで魔剣や聖剣、それから属性剣と呼ばれるものでも同じことができる。ただしそういった武器は一属性しか付与できない。

それに対して魔纏は任意に属性を入れ替えられる。なんなら複数属性を同時に纏うこともできるし相反する属性も、そして全ての属性を纏うこともできる。まあ、制御が難しい上に失敗すると見るも無惨な姿になるとだけ言っておく。

「グルルルル」

瘴龍は私の魔纏により瘴気が減り、その姿が少しずつ小さくなり始めている。瘴気を私に放つのをやめればいいのだろうが、自らコントロールができないようでその流れが止まることはない。

瘴龍は四肢に力を込めると先ほどよりも素早い動きで私に突進してくる。今度は嚙みつくというわけではなく自らの重量で押しつぶすつもりなのだろう。

どうやら瘴気が減ったことで動きは更に素早くなっている。重量での圧殺、その試みは私でなければ成功したことだろう。ただし魔纏を使っている今の私には意味をなさない。

私は杖を構えて、瘴龍の鼻っ柱を叩くつもりで待ち構える。一直線に向かってきていた瘴龍が唐突に前足を地面に埋めて急停止した。そしてその勢いを利用するようにくるりと体を横に回転させる。油断をしていたわけではないが、想定していたものとは違う動きに戸惑った瞬間、私の体は横からの衝撃で跳ね飛ばされた。飛ばされながら元いた場所に視線を向ける。どうやら瘴龍は急停止による勢いを利用して尻尾で殴りつけてきたようだ。

私は魔法で背中に空気のクッションを作り勢いを殺して着地する。瘴龍は尻尾で私に直接触れたことにより瘴気を減らしたようで、更にその姿が小さくなっている。直立だと三十メートルくらいあった全長が今では十五メートルほどになっているが未だに巨体ではある。

「グルァ」

どうやら私を吹き飛ばせたことが嬉しかったようだ。

「嬉しそうにしているけど、全くダメージは受けてないからね」

負け惜しみではなく魔纏を使っている私は、あの程度の攻撃でかすり傷すら負うことはない。

このまま瘴気を少しずつ浄化していけばいいのだけど、一方的に攻撃をされ続けるのも時間が掛かるしストレスが溜まる。

今の位置で瘴龍の瘴気を消し飛ばすほどの魔術を使うと、奥の森が消え去ることになる。ケンヤなら許してくれそうだけど、森の生態系が変わることになりそうだ。そう考えると選択肢は絞られる。

杖を瘴龍に向けると、瘴龍は魔術による攻撃を警戒するように唸り声を上げ始める。いつでも避けられるように四肢に力を溜めているのがわかる。ただ私は今すぐ魔術を使うつもりはない。

一歩二歩と最初はゆっくりと瘴龍に歩みを進める。飛ばされた距離を縮めるように少しずつ速度を上げながら走る。ある程度近づいたところで一気に加速をして瘴龍の真下へと潜り込んだ。そして両手で持った杖をゴルフのドライバーのように大きく振りかぶり、私を見失い戸惑っている瘴龍の腹へとすくい上げるようにフルスイングする。

「グ、ゲギャ」

瘴龍はおかしな呻き声を上げると、その身を空高く舞い上がらせる。私との接触で瘴気が大きく浄化され、その身を更に小さくした瘴龍はお腹を殴られた衝撃で気を失ったのか、だらしなく舌を垂らして白目をむいているのが見えた。

私は上空へ飛んでいく瘴龍に杖を向けて魔力を流し込む。

こういう時は何か必殺技名でも叫ぶべきだろうか？

瘴龍に狙いを定めながら、必殺技名をどうしようかとどうでもいいことを考えている。こういうのは単純明快、わかりやすいに限るだろう。

「瘴気を払え、ホーリーレーザー」

必殺技の掛け声と共に、私の構えた杖から光の魔力が放たれ瘴龍の全身を包むように貫いた。ちなみに必殺技名が必要かというと、必要はないし特に意味はない。ええ、特に意味はないです。大事なことなので二度言っておきます。

それはさておき、瘴龍を貫いた光の魔力はそのまま上空の雲を消し去り空の彼方へと消えていった。これを地上で使っていればまっすぐに森を消し去っていたことだろう。

「――よ――の」

周りを見てみると、アーヴルやケンヤたちが上空を見上げて呆然としている。更に辺りを見回すと、他の冒険者たちも上空を見上げている。魔物は倒しきったのか、逃げていったのかはわからないけど動いている魔物はいないように見える。

ここはこう言っておくべきだろうか？　「わたしなんかやっちゃいました？」と。いや、まあ言わないけど。

「――ょどの――」

アーヴルたちはまだしも、他の冒険者からは距離がある上に、ローブには認識阻害がかかっている。そのために瘴龍を倒したのが私だとはバレないはずだ。

そういえば瘴龍の中にいた火龍はどうなったのだろうか？　死んではいないはずだけど、気絶していたら地面に落ちる前に回収しないと。そう思い瘴龍の消えた辺りに視線を向ける。

「まじょどの――」

なんだか嫌な予感しかしない。

「魔女どのー、助けてほしいのじゃ――」

声の発生源はどこからどう見ても、空から落ちてくる小さい火龍。周辺からはかすかに「魔女？」とか「あの黒いローブの女性が魔女なのか？」とか「俺あいつ見たことあるわ。屋台街で黒い悪魔って言われているやつだろ」などと不穏な言葉が聞こえてくる。

「魔女どの――」

突っ込んできた火龍を受け止める。私の知っている火龍とは大きさがずいぶんと違うが、見た目は火龍山の主である火龍に見える。

「魔女殿！　ん？　違うのじゃ。魔女殿はどこじゃ？」

どうやら師匠と間違えて、私のことを魔女と呼んだようだ。今後のことを考えると頭が痛くなる。アーヴルやケンヤに頼んで、私は魔女ではなく魔女の弟子だとなんとかして訂正してもらわないと。いや私も今は魔女なのだけど、魔女と魔女の弟子だとやはり違うのだと思う。まあ今はそれよりも目の前の火龍だ。

「師匠はここにいないわよ」

「そのようじゃな。魔女殿の匂いを感じたので来てみれば、ん？　お主いつの間に魔女――」

急いで火龍の口をふさぐ。これ以上言わせてたまるか。今ならまだ魔女の弟子で阻止できるはずだ。決定的証拠はない……はず。気がついたらアーヴルやケンヤたちが集まってきている。

「エリーさん、どういう状況ですか？」

「これがさっきの瘴龍に取り込まれていたみたい。それとどうも私を師匠と間違えて、人のことを魔女って言っていたみたいなのよ」

「その、火龍殿が死にそうになっていますが」

おっと、口をふさいだために呼吸ができないでいたようだ。

「はぁはぁ、死ぬかと思ったのじゃ、魔女ど――」

「私は師匠の弟子、つまりは魔女の弟子よ。わかった？　わかったよね？」

「わ、わかったのじゃ。なんだか怖いのじゃ。顔を近づけないでほしいのじゃ」

「わかったならいいわ。それであなたは師匠に何の用なの？　助けてほしいみたいなことを言っていた気がしたけど」

「そうじゃ、魔女殿がおらぬのなら、お主でも構わん。助けてほしいのじゃ。このままじゃとわしも火龍山も死んでしまうのじゃ」

魔の森の奥地にある火龍山が死ぬ。そうなると魔の森がどうなるかわからない。もしかすると魔の森から魔力が失われて、今回以上のスタンピードが全方位に起きるかもしれない。どうやらのっぴきならない状況のようだ。

第十話　魔女、送る

あまり時間がないと言う火龍を宥め少し話をすることになった。何も状況がわからないまま火龍山に向かうわけにはいかない。それに瘴龍のことや、小さくなった火龍のことなど聞きたいことがたくさんある。

スタンピードの後始末は、アーヴルの指示を受けたギルド職員が中心となって、倒した魔物の素材剥ぎ取りが行われている。冒険者も貴族も関係なく解体作業が行われているが、全ての解体が終わるまで一週間は掛かりそうなので、交代で休憩をすることになっているようだ。

そして急遽作られた複数のテントの一つに主要人物が集まっている。

集まっているのは火龍と私とホクトにアーヴルとケンヤというメンツになる。

ちなみに私に対する魔女問題は、魔女の弟子でアーヴルの兄弟弟子という話を広めてもらった。この辺りで魔女といえば師匠である願いの魔女のことになるので、私とは別人というのも間違ってはいない。それに師匠が金髪のエルフという話は伝わっているので、黒髪の私を魔女と思う人はそのうちいなくなるだろう。

「とりあえず、あなたの知る限りのことを教えてもらえるかな」

「うむ、わかったのじゃ。まずは我が火龍山に何者かが侵入したのが始まりじゃと思う」

こうして始まった火龍の話を要約するとこんな感じになる。

一月ほど前に何者かが火龍山に侵入して火口に何かを投げ込んだらしい。それがなにかは火龍にもわからなかったらしいのだけど、気づいた頃には火龍山から力が奪われ始めていたようだ。その結果、火龍山と連動している火龍の力も弱まり瘴気(しょうき)に蝕(むしば)まれ始めた。

これは危険だと思った火龍は急ぎ助けを求めて師匠の家へ赴いたのだけど、そこには何もなかったとのことだった。どういうことかとホクトを見ても、ホクトにもわからないようで首をかしげていた。師匠のことは後にして話を進める。

師匠はいなかったが、その場に残っていた匂いを頼りに移動を始めたところで限界を迎えることになった。それでもなんとか力の大半を集め今の小さい火龍となり、体を捨てて抜け出すつもりだったようだ。ただそれよりも早く瘴気に囚(とら)われ、結果的に瘴龍の原動力として力を奪われ続けたらしい。

その間は自分を守ることに専念していたため、私が瘴龍を浄化するまでの記憶はないようだった。

そして解放されたその場で魔女の残り香を感じて、私を師匠と間違えたという話だった。

後は瘴龍から解放されたのはいいけど、未(いま)だに火龍山と連動している火龍からは力が奪われ続けているということで、火龍山を取り戻すために力を貸してほしいということだった。

火龍山から力を奪われ、瘴龍からも力を奪われ、なんだか踏んだり蹴ったりだなと思った。

「ここから火龍山までどれくらいでしょうか」

「んー、地上を進むなら一月くらいかかるかな？　私一人なら空を飛んで普段なら三日。ただ今なら魔物に邪魔されることはないと思うから丸一日飛び続ければたどり着けると思う」

「火龍殿、期限はどれくらい残っていると思いますか？」

「五日も持てばいい方じゃろうな。ただ何が目的かがわからぬ。それと何者かが再び火龍山へ入ろうとしておるようじゃ」

「そうなると、私が一人で行くのが最良かな。このまま火龍山が死んでしまうと、魔の森にどんな影響があるかもわからないからね」

「やはりそうなりますか。私も行ければいいのですが」

「アーヴルはギルドマスターとしての仕事に専念したらいいよ。ケンヤはそうだね、約束通り美味しいご飯でも用意していてよ」

「わかったよ。エリーが驚くくらいの料理を準備しておくことにするよ」

「そういうわけで早速向かいましょうか」

「弟子殿どうか頼むのじゃ」

「気にしないで。火龍山も魔の森の一部だし、魔の森は私の故郷のようなものだからね」

「ホウホウ」

「ホクトも来るの？」

「ホォ」

どうやらいなくなった師匠が気になるようで、途中まで同行するつもりらしい。師匠のことはホクトに任せて私は火龍山に専念することに決めた。

「そういうことだから後のことは任せるわ」

アーヴルとケンヤにそう言って私は杖に腰掛けて上空へ上がる。そんな私に注がれる多数の視線を意識しないようにして、火龍山へ向けて移動を始める。火龍のせいで私が魔女の関係者だと大勢の人に知られたことになる。なんだか戻ってきてから面倒なことになりそうな予感がするが、今は考えても仕方ない。そんな思いを振り払うように更に移動速度を上げた。

◆

ダーナの街を飛び立ってから一日経った。途中で師匠の家に向かうホクトと別れてやっと火龍山が見える所までたどり着いた。火龍山は異様なほど静まり返っている。そもそも活火山のはずなのに、火口から噴煙すら立ちのぼっていない。

「あやつらじゃ」

ローブの内側から顔を出していた火龍が、いち早く侵入者を見つけたようだ。火龍山の斜面を下っている複数の人影が見えた。速度を上げて近づき、行く手を阻むように地上へ降り立つ。改めて相手を見てみる。人数は八人、人にエルフに小人、それと獣人。全員がボロを纏っている。共通しているのはどの人物も額に魔石が埋め込まれていることだろうか。八人のうち三人が、抱えるほど大きな赤い魔石のようなものを持っている。

生命活動は感じられないことから、死体の額に魔石を埋め込むことで操っているのだろう。こういう場合は近くに操っている人物がいるものなのだろうけど、どうも見つけることができない。

「あなたたちは何者？　と聞いても無駄なのでしょうね」

「…………」

予想通り返事はない。

「火龍、あの魔石みたいなものがなにかわかる？」

「あれは、火龍山の要石じゃ。力が封じられておるようじゃが、あれを火龍山から持ち出されるとわしと火龍山は死ぬのじゃ」

「何が何でも回収しないとだめなわけね」

「魔女殿、なんとかして、あれをわしのもとに頼む」

「あれに触れればなんとかなるということでいいのね」

「そうじゃ、あれは元を正せばわしの力じゃ。あれに触れさえできれば、わしも火龍山もある程度力を取り戻せるのじゃ」

「わかったわ。少し離れていて」

火龍がローブの懐からパタパタと飛び上がり離れていく。私と火龍が話をしている間に、要石を持っている三人以外の五人のうち四人が私を囲むように移動している。相変わらず操っている人物の気配は感じられないが、額の魔石さえ壊してしまえば関係ない。

どうにかして相手の情報を得たいところだけど、死体からでは難しい。最優先は要石の回収。次にできれば相手の魔石を回収かな。敵が私を中心に四方から囲んだことで攻撃してくる。驚いたことに四人とも魔術を放ってきた。それもそれぞれ別々の属性攻撃だ。

魔力の元は魔石のようで呪文の詠唱はなかった。どの魔術も矢の形をしたものが複数飛んでくる。対処はどうとでもなるが、私の目的は要石の回収。足のみに魔纏（まとい）を使用して一気に要石に肉薄して、杖で火龍のいる場所めがけて打ち上げる。要石は狙い違（たが）わず火龍に直撃して、そのまま「のじゃ――」という言葉と共に山頂の方向へ飛んでいった。

要石を持っていた三人の間を駆け抜けて敵へと振り返る。その直後、敵が放った魔術が私が元いた場所に着弾して爆発したことで煙が立ち上がる。

「全て穿（うが）て」

杖を振るうと、魔力の矢が敵に向かって飛んでいく。魔力の矢は全て狙い違わず額の魔石に命中するが一つとして魔石を破壊することができなかった。正確には魔石に当たる前に、魔力の矢が消えたように見えた。強力な魔力防御だろうか？　もしくは特殊な魔物の魔石を使っている？

私が攻撃したことで、私の居場所がわかったようで同時に私に向き直る。この感じからして、私の魔纏による移動が見えていないようだ。それと敵を操っているのは一人だということがわかった。

魔術が効かないのなら直接殴って魔石を砕くか、無理やり額から抜き取るしかない。敵全員が私に向けて詠唱なしで魔術を放ってくる。私は前進することで魔術を避けて一番近くにいた敵の額へと魔纏を使用した掌底を放つ。掌底を受けた魔石にはヒビが入りすぐに砕けた。そして魔石を砕かれた敵は体が塵となり消えた。

私はそれに驚きながらも、続けて二人の魔石を砕く。これで要石を持っていた三人は塵となり消えた。残りの敵は五人。なぜか獣人の少女だけが後ろに下がり、他の四人が手に武器を持ち私に向かってくる。操られているにしてはなかなかの連携で、うまく魔石まで手が届かない。

私は一度距離を取るために大きく後ろへ飛びながら、獣人の少女へと魔術を放つ。

「切り裂け」

やはり魔術が当たる前に霧散する。再び追いついてきた四人が攻撃をしてくる。なんとなくわかってきた。敵の攻撃を捌きながら敵の懐へ潜り込む。獣人の少女からは私が見えない。思った通り敵の動きが鈍った。その隙を逃すことなく額の魔石を砕く。一人、二人、三人、四人、一気に魔石を砕くことで四人の敵は塵となって消えた。残るは獣人の少女のみとなった。

「黒髪の女、貴様何者だ？」

聞こえてきたのは、老人のようなしわがれた声。声を発しているのは唯一残っていた獣人の少女のようだ。

「それはこちらが聞きたいのだけど。あなたたちこそ何者？　火龍山を襲った目的は何？」

「言うと思うか？」

「言わないでしょうね」

ここで正直に名乗り目的をべらべらと喋（しゃべ）るとしたら、時間稼ぎか考えなしの間抜けかのどちらかだろう。

「それでわざわざ話しかけてきたのはどうして？　自分たちは安全な場所にいるという余裕から？」

「そのようなところだ。それと我が手駒を倒した貴様に興味を持ったといったところだ」

何者かはわからないが、名乗りすらしない相手から情報は得られそうにない。

「ねえ、いいことを教えてあげましょうか？」

「ほう、いいことならば是非とも教えてもらいたいものだな」

「それはね、深淵（しんえん）を覗（のぞ）く時、深淵もまたこちらを覗いている、よ。いい言葉だと思わない？」

「……」

私の言葉に何か思うところがあったのだろう。魔石を通して話していた相手が接続を切ったようだ。まあ完全にブラフだけど、ちゃんと勘違いしてくれたみたい。流石（さすが）の私も触れていない魔石から情報を得るなんてことはできない。ただし操る相手がいなくなったことで獣人の少女は倒れ伏している。これで額の魔石を砕くことなく回収できそうだ。

そう思って近寄ろうとした時にそれは起きた。

「グゥゥアアアア」

獣人の少女が唸り声を発しながら起き上がる。体全体が体毛に包まれ、額の魔石の色が黒から赤黒い色へと変わっている。どうやら相手は通信が切れると同時に発動する罠を仕掛けていたようだ。白虎の獣人なのだろう、ただ毛の所々が血によって赤黒く染まっている。

「やばっ！」

気がついた時には横方向に吹き飛ばされていた。目を離したわけではないが気がついた時には脇腹に攻撃を受けていた。吹き飛ばされたまま状態を立て直し地面に降り立つ。元いた場所を見るが白虎の姿が見えない。気配を察知し全力で後ろに飛ぶと同時に上から白虎が降ってきて地面に小さなクレーターを作った。

素早いだけでなく攻撃力も高い。白虎の本来の力なのか、それとも他の要因によるものなのかはわからない。ただこうなっては魔石を回収するのは厳しくなった。

私は杖を収納ポシェットに入れて、全身に魔纏を使う。これだけ素早いと、魔術や魔法での攻撃を当てるのは無理そうだ。

「すぐ楽にしてあげるわ」

構えを取る私に向かって白虎が唸り声を上げながら向かってくる。体当たり、噛みつき、爪による引っ掻き、猫パンチ。全ての攻撃を避け、タイミングを見て額の魔石に拳を叩き込む。魔石は砕けない。ただし攻撃を受けたことを警戒したのか、白虎が後ろへと下がる。

「一撃でだめなら繰り返せばいい」

魔石を砕くことはできなかったが手応えはあった。警戒して動かない白虎に向かって駆け寄り攻撃をする。私の方から向かってくるとは思っていなかったのか、もしくは魔纏を使っている私の動きが見えなかったのか。私の攻撃は額の魔石に当たり白虎が吹き飛ぶ。

ピシリという音が聞こえた。白虎の魔石を見るとヒビが入っている。

「あと一撃」

私は休むことなく、体勢を立て直した白虎に肉薄する。

「グルァァァァ」

白虎が咆哮(ほうこう)と同時に衝撃波を放ってくる。私はその衝撃波に掌底を当てることで相殺してみせる。

ボフッという音が鳴り衝撃波が消える。私は更に一歩足を進め静かに白虎の額にある魔石に拳を叩き込んだ。

バキッと思いの外大きな音が鳴り魔石が割れ、白虎の額からこぼれ落ちた。赤黒い魔石は割れただけで砕けることはなかった。倒れ伏した白虎の姿が人の姿へと変わり少女の姿に戻った。そこで違和感を覚えた。なぜこの少女は塵にならないのか……。他の人たちは魔石が砕けたことで塵となった。今回は魔石が砕けてはいないが額からは失われている。

警戒をしながら少女に近寄りその顔を覗き込む。見開かれた瞳から光は失われていて、何も映し出していないように見える。魔石がなくなった額の穴を見てみると、そこには魔石に似た小さな結晶が脳に埋め込まれているのが見えた。

「はぁ、何者かは知らないけど、本当にろくでもないことをするやつらだね」

この獣人の少女はまだ死んでいない。いや正確には死ぬことができないでいる。この埋め込まれた小さな魔石、魔結晶と呼ばれるもののせいで無理やり生かされている。

魔結晶を見たことで、この少女が生かされている理由がわかった。この少女を操っていた存在がこの魔結晶を経由して、塵となった人たちを操っていたのだろう。この少女は中継機の役割をしていたために、魔石が失われても塵になることもなく今の状態を保っていられたのだ。

「いま楽にしてあげるわ」

きっと聞こえていないだろうけど、一言声をかける。

私は彼女の額に空いた穴に指を入れて魔結晶を摘むと一気に引き抜いた。ブチブチと魔結晶が引き剝がされる音が聞こえる。

「あなたの来世が幸多きことを願っているわ」

私の声に反応をしたのか、それともただの偶然なのか、少女の唇が「ありがとう」というように動いたような気がした。

魔結晶がなくなったことで生命活動が完全に止まったようで、急速に彼女の体温が失われていく。

割れた赤黒い魔石と、魔結晶を収納ポシェットに入れて少女から離れる。

収納ポシェットから杖を取り出して少女の死体に向ける。

「浄化の炎」

呪文を唱えると白い炎が少女の死体を包み、激しく燃え上がる。

私は、空へとまっすぐに上っていく煙を、いつまでも見つめていた。

◆

「魔女殿、酷(ひど)いのじゃ」

要石と一緒に遠くまで飛んでいった火龍が戻ってきた。その姿は要石を取り込んだおかげか、大きさが最初の倍ほどになっている。

「いやーごめんごめん、あれが手っ取り早いと思ったからつい」

「助けられたことには変わりがないのじゃ。故に許すのじゃ」

火龍は要石を吸収することでほんの少しだけ力を取り戻した。それでも全盛期の三分の一程度しか力が戻っていないらしい。そのために火龍は火龍山に入り回復に専念するとのことだった。

「此度(こたび)は助かったのじゃ。この礼はいずれするのじゃ」

「期待しないで待っておくわ」

火龍の力が回復するのには長い時間が必要だろう。それが一年かかるか十年かかるか、もしくは百年かかるのかはわからない。

「ふむ、そうじゃ、礼の一つとして魔女殿に我が真名を教えるのじゃ」

「いいの？」

「よい。我が真名はドラグニス・ドゥ・フレイムじゃ。お主にはラニスと呼ぶことを許そう」

「確かに火龍ドラグニス。あなたの真名を受け取りました」

龍にとって真名とは信愛の証になる。そして真名を教えた相手を生涯裏切らない。それが自らの死を招くとしても。それほど重いものになる。

「私はエリー。今はまだ銘を持たない無銘の魔女エリーよ」

「うむ、確かに。魔女エリーよ。その名、我が魂に刻んだのじゃ」

「それじゃあ、ラニス、再び会えることを願っているわ」

「うむ、エリーよ。再びまみえる時を待っておるのじゃ」

ラニスとの別れを済ませ空を飛ぶ。ダーナの街に戻る前に師匠の所へ寄ってみるつもりだ。

第十一話　魔女、堪能する

ダーナの街へ戻ってくると街はお祭り騒ぎの真っ只中だった。あれだけあった魔物の死骸は解体及び廃棄され、街の外はきれいになっていた。まずは冒険者ギルドに行ってアーヴルに報告をと思ったのだけど、ギルド前の広場に山と積まれた素材を見て出直すことにした。ただ帰ってきたことだけはアーヴルに伝えてもらえるようにギルド職員へお願いしておいた。急ぎの用があればあちらから連絡をくれるでしょう。

その足で宿木亭へ向かうと、私とホクトは大将とニーナに怒られた。スタンピードが収束したにも拘らず連絡もなしに戻ってこなかったので心配していたらしい。確かに伝言の一つでも残しておけば良かったと反省。

戦闘に参加していた大将とアーシアにガーナたち三人娘。ギルドにいたニーナ、アデラ、レイトにリーディア。全員が怪我もなく無事だと教えてもらいホッとした。

お風呂に入り、着替えを済ませ、大将のご飯を食べ、ニーナの笑顔を見たことで、やっと私の中で帰ってきたという実感が湧いた。

◆

街はお祭りで騒がしくしている中、私は冒険者ギルドのアーヴルの部屋に来ている。ミランダが私とアーヴルの前に紅茶を置いて部屋を出ていく。部屋の中には私とホクトとアーヴルの二人と一羽だけいる。本当はケンヤもいたら良かったのだけど、スタンピードの後処理で暫くは忙しいらしい。

「火龍山からの帰りに師匠の家へ行ってみたのだけど師匠はいなかったわ」

「そうですか」

あの後、火龍山から飛び立ち師匠の家に向かった。その日のうちに師匠の家までたどり着いたのだけど、元々家のあった場所が更地になっていた。そしてそこには、途方に暮れた雰囲気を出して黄昏れているホクトがいた。

ホクトに聞いても師匠の居場所はわからないようだったけど、師匠とホクトの間で結ばれている契約は解除されていないようだった。消息は不明だけど生きてはいるようだ。結局ホクトを置いておくわけにもいかず、一晩だけその場に泊まりホクトを連れて帰ってきた。

そこまで説明すると、アーヴルは私の杖に止まっているホクトに目を向ける。

ホクトは力なくため息をつくように「ホゥ」と鳴いている。

「とりあえず今日の本題に入りましょうか。アーヴル、これが何かわかる？」

「これは……魔石ですか？　このような魔石は見たことはないですが」

「よくわかったね。そう、これは魔石を加工したもので、魔結晶と呼ばれているわ」

「加工ですか、なにか意味はあるのでしょうか」

「アーヴルは魔石ってなんだか知っているよね」

「魔物の心臓ではないのですか？　後はどうやって作られたかわかりませんが巨大な魔石が発見されたりもしていますね。それを考えると魔物の心臓だと考えるのはおかしい気もしますが」

「大体一般的な認識としてはそんなものかな？　あとは知っての通り魔力を貯（た）める効果がある。ちなみに魔石の巨大化ってこうするのよ」

収納ポシェットから小さな魔石を何個か取り出し手のひらに載せる。その魔石に魔力を流しながら手のひらを閉じてギューとしてみせる。再び手のひらを開いた時、一つの魔石が載っていた。

「意外と簡単でしょ？」

その魔石をアーヴルにぽいっと投げると慌てて受け取った。

「すごい、ですね」

「表には出ていないと思うけど、知っている国や組織はあると思うよ」

魔石を返してもらって収納ポシェットに仕舞（しま）っておく。

「わかってしまえば意外と簡単なのですね」

「まあね。実のところこの魔結晶は作るのが難しいのよ」

「そうなのですか？」

「そうなのよ。さっきは大きな魔石を作るためにギューッとしたでしょ」

「ええ、しましたね」

「この魔結晶を一つ作るには、かなりギューッとして圧縮する必要があるのよ」

「大きい魔石なら魔力を入れる容量が増えるのはわかります。そのように小さい魔石、えっと魔結晶ですか、それになにか意味はあるのでしょうか？」

「そう、そこが今回話したかったことになるのだけどこの魔結晶は一手間加えることである効果を発揮するのよ」

「その一手間とは何でしょうか」

「悪意……とでも言えばいいのかな？　意思なき魔物の一部を混ぜ込んでいるのよ。この魔結晶によく使われている魔石は死霊系やゴーレム系になるわ。そしてこの魔結晶を人に埋め込むことにより埋め込まれた部分を支配することができる」

「それは恐ろしいですね、邪法とでも言えばいいのでしょうか」

「そうとも限らないけどね。この技術は錬金術が未発達の時代に、体に障害がある人に埋め込むことで、魔結晶と義足や義肢を紐(ひも)づけさせて動かす目的で作られたものなのよ。元々は医療技術の一つとして生み出されたものだからね」

「それだけを聞くといい技術のようにも聞こえますが？」

「何事にも表と裏があるってことだよ。今回は悪意を持って使われたことになる。この魔結晶はある獣人の少女の額の奥に埋め込まれていたものよ。そして施術した人物は埋め込むために開いた穴を埋めるように魔石で蓋をしていた」

「つまりは頭に埋め込んで脳を支配することにより、その獣人の少女を操っていたということでしょうか？　なんて惨いことを……」

アーヴルの瞳で怒りの感情が揺れている。

「どこまで意のままにできるかはわからないけど、あの感じだと命令されたことを実行するゴーレムという感じかな。身体的なリミットも外れていたようだから、最初から使い捨てだったのかもしれないね」

「それにしても獣人ですか、この大陸に獣人の国や集落はなかったと思うのですが。迷い込んだ者か、連れ去られてきた者か。それ以外ですと魔の森の反対側で何かがあったのかもしれませんね」

「その辺りの大陸事情とかお国事情は私にはさっぱりだからね。ただこの辺りには獣人はいないというのは聞いていたから見てびっくりはしたかな」

「獣人に関しては私の方で調べてみようと思います。といっても魔の森のあちら側となると時間はかかりますが」

「そっちは任せるよ、私はこっちの魔結晶の方を調べてみるから、何かわかったら教えるね」

「わかりました。この件は私の方からご領主さまとケンヤに伝えておくことにします」

「それは助かるわ、お願いするわね」

テーブルの上の魔結晶を収納ポシェットに入れて席を立つ。

「それじゃあ行くね」

「まだダーナの街の祭りは続くようですから楽しんでください」

「アーヴルの方こそちゃんと休みは取りなさいよ」

苦笑を浮かべるアーヴルに見送られて部屋を出て、閑散としているギルドの外へ出る。フードを目深に被る。今日くらいは祭りを楽しむのもいいかもしれない。

「ホクト、好きなだけ食べていいからね」

「ホゥホゥ」

少しだけ元気を取り戻したホクトが嬉しそうに杖に止まったまま翼を羽ばたかせる。

お肉の焼けるいい匂いに誘われ、私とホクトは人混みに紛れるように歩き出した。

◆

「ここをこうして……。これがこうで」

魔結晶の解析を始めてから二日経った。その間は手と魔力を止めるわけにもいかず、飲まず食わずの状態が続いている。この魔結晶を作り出したやつは絶対に性格が悪い。

複雑に絡まり刻み込まれた術式を解析するのは、まるで同じ色のケーブルしかない爆弾を解体するくらい繊細な作業になっている。ドラマなどで見るように、爆弾に赤と青のケーブルを使う理由がわかった気がする。あのケーブルが同じ色しかなければ、作った本人にも解除することができないだろう。

つまりはこの魔結晶は、自分で解体するつもりもない使い捨てだということだ。

「できた。つかれたーねむいーあたまいたいかんせつもいたいおふろはいりたいー」

情報を全て抜き出したことにより魔結晶が砕け散る。抜き出して解析の済んだ情報は、あらかじめ用意しておいた魔石に転写しているので砕けても問題はない。頭の使いすぎで頭痛が酷い。ずっと座りっぱなしだったので体の節々も痛い。情報の精査は後にしてとりあえず……。

「お風呂だね」

部屋を出て階下に降りると大将とアーシア、ニーナがご飯を食べていた。

「エリー、やっと部屋から出てきたか。飯食べるか？」

「大将、アーシアさんおはようございます。ニーナちゃんもおはよう、今日もかわいいね」

ニーナの頭を撫でると、えへへと笑いかけてくれる。マジ天使。だめだ、自分でもテンションがおかしいのがわかる。

「ご飯は軽めのものをお願いします。とりあえずお風呂を済ませて一度寝たいので」

「師匠、顔色が悪いですけど大丈夫ですか？」

「大丈夫だよ。お風呂入ってご飯食べて一回寝たら復活するよ」

「師匠、それって大丈夫とは言わない気がします」

「あはは、まあお風呂入ってくるよ。また後でね」

裏口から外に出てお湯を溜(た)めて髪と体を洗って二日ぶりのお風呂に入る。

「あぁー、気持ちいいー」

腕を組んで上に上げて、んーっと伸びをすると肩のこりがほぐれて頭痛も収まってくる。暫く湯船の中で体の力を抜いて目を閉じる。このままだと確実に寝てしまうと思い、名残惜しいけどお風呂から上がる。魔法で髪と体を乾かして、収納ポシェットから冷えた水を取り出して飲む。無性にコーヒー牛乳が飲みたくなった。

「戻ってきたか。すぐに用意するから適当に座っていろ」

「はーい」

席に座ると大将が食事を運んできてくれた。白いパンが二つと野菜スープ、少ない気もするけどこの後寝ることを考えるとちょうどいいかもしれない。毎度おなじみの祈る真似(まね)をしたあと食事を始める。スープが胃に染みる。食べ物を胃に入れたためか、先ほどまで感じていなかった空腹が感じられるようになった。

「おかわりはいるか？」

「んー、大丈夫です」

おかわりを断り、お茶を飲み干して席を立つ。

「片付けるからそのまま置いといていいぞ」

「わかりました。それじゃあ私は少し寝るので、何かあったら起こしてください」

「おう、わかった」

部屋に戻ってさっさと布団に潜り込む。そういえばホクトはどこだったかな？　あーだめだ、眠すぎて頭が回らない。お布団があたたかい。

◆

ぐぅと大きな音が部屋に響き渡る。申し訳ありません、今のは私のお腹（なか）の音です。アーヴルが何やってるのこの人みたいな視線で見てくる。いやだってさ、部屋の中には懐かしくて美味（おい）しそうな匂いが充満しているのだから。

「あはは、もうすぐできるから我慢してください」

ケンヤがキッチンからこちらを見てそう言ってきた。

「この匂いが悪い」

「その気持ちは痛いほどわかります。よしできた」

三人のメイドが、次々と料理を運んできてテーブルに並べていく。全て並べ終わるとメイドの三人は「失礼します」と一礼して部屋から出ていった。

「さてと、込み入った話は食事の後にしましょうか。どうやらエリーの理性が限界を迎えそうですからね」

「失礼な。まだ正気を保っているわよ」

「先に話を済ませた方が良かったですか？」

「がるるるる」

「二人とも遊びはほどほどに」

アーヴルが呆れたような視線を私とケンヤに向ける。

「ホウホウ」

ホクトも早く食べたそうにしている。

「冷めても美味しいと思うけど、温かい方がいいでしょう。早速食べましょうか」

私とケンヤは両手を上げて手を合わせる。

「「いただきます」」

漆塗りのお椀とお箸を手に取り、お椀の中の液体を口に含む。口の中に広がるのは懐かしのお味噌汁。お味噌汁の中は豆腐とネギとわかめといったシンプルなものになっている。

「この世界にもわかめってあるのね」

「乾燥物になりますけどね。この辺りには海がないので、手軽には手に入らないですけどね」

「そうなんだ」

お椀を置いて次は茶碗を手に取る。白く輝くツヤツヤした粒の群れ、その名は白米。実に三百年ぶりに口にする。噛むたびに懐かしき甘味が口の中に広がる。ずずずと味噌汁をすすり、再び白米を食べるを繰り返す。これだけでも満足と言いたいのだけど、テーブルに置かれている料理はこれだけではなかった。箸でつまみ、用意されている液体を軽く付けて口に運ぶ。

サクッという音が聞こえそうな歯ごたえ。衣に包まれた素材たち。

「このツユ、醤油が使われている？」

「わかりますか？　作るのにはずいぶんと苦労しました」

「おぉー神はここにおわしたか」

手を組みケンヤを拝んでおく。

「神は言いすぎですよ。おかわりもありますから、好きなだけ食べてください」

早速白米を食べきりお茶碗を差し出す。ケンヤは苦笑を浮かべながらおかわりをくれる。

「ありがとう」

「どういたしまして」

「ホォホォ」

どうやらホクトもおかわりがほしいようだ。ホクトの前に置かれていた天ぷらがいつの間にかなくなっている。相変わらずあの体のどこに入るのだろうか。

三人と一羽で用意されていた白米も味噌汁も天ぷらも全てを食べきった。膨らんだお腹を撫でながら、今日一日あったことを思い出す。ことの始まりは魔結晶の解析結果をアーヴルに知らせるためにギルドの前にたどり着いた時だった。

ギルドの前には普段見ないような高級馬車が止まっていた。それを横目に見ながらギルドへ入ろうとしたところで馬車から降りてきた人物に声をかけられた。

「エリーさんおはようございます。ちょうど今から迎えに行くところでした」

「アーヴルおはよう。こんな馬車で迎えって、どこかに行くの？」

「エリーさま、我が主(あるじ)よりお連れするようにとの命を受けお迎えにあがりました。申し訳ございませんが、ご同行の程よろしくお願い致します」

アーヴルの後ろから出てきたメイド服の女性が頭を下げてくる。この女性は確かケンヤが連れていたメイドの一人だった気がする。

「この子もいいのかな？」

杖に止まっているホクトを見ながら尋ねる。

「問題ございません」

どうやらホクトを連れていってもいいようだ。

「わかったわ。案内よろしく」

「かしこまりました。それではこちらから中へどうぞ」

メイドの案内に従い馬車に乗り込む。続いてアーヴルが乗り込み、最後にメイドが乗り込むと馬車が進み出す。そして案内された場所にあったのは、この世界に似つかわしくない、瓦屋根の日本家屋だった。玄関で靴を脱ぎ、案内されたのはダイニングキッチン。キッチンではケンヤが料理をしていて、油が跳ねる音と、なんとも言えない懐かしい匂いがただよってきた。その結果、私はお腹を鳴らすことになる。

◆

「お茶をどうぞ」

「ありがとう」

置かれたカップの中身は緑茶のようだった。口に含むとあの独特の甘みが口に広がる。こちらも懐かしい味がした。

「はぁー美味しい。白米にお味噌汁そして天ぷらにお醤油。ケンヤ、ご馳走(ちそう)ありがとうね」

「ご馳走すると約束したからね。むしろ遅くなってすみません」

「気にしなくていいよ。ちゃんとこうしてご馳走が食べられたからね」

「そう言ってもらえると助かります」

ずずずとお茶をすすり、ケンヤが用意した茶菓子をかじる。モナカのような見た目をしていると思ったら、中にはあんこが詰まっていて驚いた。

「どうです？　懐かしいでしょう。醤油や味噌を作るために色々な豆を取り寄せてね。その中に小豆のようなものがあったので試しに作ってみたらできちゃいました」

「くっ、これが知識チートというやつか」

「あはは。うろ覚えの知識だったので結構苦労はしたけどね。醤油や味噌なんかもかなり失敗ました。あくまで個人の趣味なので広めるつもりはないです」

「原材料が値上がりしたら嫌だから？」

「まあ、それもあります。後はエリーのように同郷と出会った時の反応とか面白いですからね」

こやつなかなか策士であるな。盛大にお腹を鳴らしていた身としては笑うしかない。

色々と懐かしい話に花を咲かせ、お互いの身の上話をして親睦を深めた。ケンヤは転生時に神に出会って料理という能力と包丁を貰ったようだ。ケンヤはここことは違う国の貴族の家に生まれたのだけど、無能という評価を受けて家から追い出されたとのこと。

ただ追い出されたというよりも、わざと追放される流れを作ったようだ。せっかく剣と魔法の世界に転生したのだから自由に生きたいと思ったらしい。追放後はさっさと国を出て、料理という力と神器の包丁を使い色々な国を巡った。

旅の途中で一人の女性と出会い結婚。詳細は話してもらえなかったが、その生活は長くなかったようだけど、その女性との間に子どもが一人生まれていたようだ。その子どもがある程度成長したところで共に旅に出た。旅の途中で三人の女性がパーティメンバーとなり、大スペクタクルのような冒険の末に神の試練を越えてケンヤは神の眷属(けんぞく)となり不死を獲得。その後も色々あってこの国の貴族となり今に至るのだとか。

ケンヤに付き従っている三人のメイドは、言わなくてもおわかりだろうけどその時のパーティメンバーでケンヤの眷属になりこちらも不死ということだった。とりあえず「このハーレム野郎」とだけ言っておいた。

なんて言ったらいいか、私も人のことは言えないのだけど、この世界って不老もしくは不老とも言えるくらい寿命の長い種族がいて、そこまで有り難みのある存在に思えなかった。不老になるだけなら、私のように賢者の石を一欠片(ひとかけら)飲むだけでできるのでお手軽だと言ったら「賢者の石を作ること自体が神の試練以上に困難なことですよ」とアーヴルに呆れられた。

ただ私もケンヤも不老であって不死ではないので、よく物語なんかである、死ねない苦しみというものは感じていない。「不死ではないので飽きるまでこの人生を楽しみますよ」とケンヤは笑っていた。それに関しては私も同意見だ。

そんな話を続けていたら、結構時間が過ぎていた。ここで一旦話を切り替えて魔結晶に関する報告をすることにした。アーヴルだけでなくケンヤもいるならちょうどいいだろう。

「ケンヤとアーヴルに少し見てほしいものがあるのだけどいいかな？」

「何でしょうか？」

私は収納ポシェットから、魔結晶の情報を移した魔石を取り出してテーブルの上に置く。

「ケンヤも報告を受けていると思うけど、魔結晶から抜き出した情報が入っているわ。とりあえず二人にも確認してもらおうと思ってね」

魔石に魔力を流してホログラムのような映像が浮かび上がらせる。

「えっ、なんですかこれは、すごいですね」

「魔石に魔文字を刻み込んで作るのよ」

ホログラムとして浮き上がっているのは、獣人の少女が魔結晶を埋め込まれた後に見た風景になる。残念ながら音声はなく、瞳を通して見た情報が魔結晶を中継して、少女を操っていた人物に送られていたことにより残された残影のようなものだ。

最初に映されたのは牢屋越しの石造りの薄暗い部屋と、黒いローブを纏った複数の人たちだった。残念なことにフードを被っているので顔は見えない。そもそも目覚めた直後なのかピントが合っていない。本当ならこの後何時間も同じ映像が続くのだけど、その部分は事前にカットしている。

映像の内容を軽く説明するとこんな感じになる。

何者かわからない集団に魔石を埋められた複数の人たち。この人たちはこの時点で死んでいたのがわかる。魔石を埋め込まれていた人種は様々だけど、獣人はあの少女一人だけのようだった。

何度か部屋を移動した後に魔法陣に乗せられて転移したようで。火龍山に場面が映る。なぜ火龍山とわかったのかは、魔法陣を解析した結果、起点の場所はわからなかったけど、移動先が火龍山を指し示していたからだ。

この時点で既にドラグニスはいないようで、先行して火龍山に何かした人たちと合流。その全員が額に魔石を埋め込まれていた。この後は何かを待つように火龍山から離れた場所で待機。たまに襲ってくる魔物との戦いがあり、人数が減っていき残ったのが少女を含む八人だったのだろう。

唐突に映像が揺れる。多分これは火龍山が振動して地震を起こしたのだろう。地震の後は残った者たちが火龍山を上り、火口までたどり着く。少女は火口で待機、他の既に死んでいる者たちが火口へ降りていく。既に死んでいるので熱さなど感じることはないのだろう。

そして暫くすると、三人の人物が火龍山の要石を持って戻ってきた。その後の展開は私がやって来て、戦闘になり、最後は私の泣きそうな顔と青空が映し出されて終わっている。ちなみに恥ずかしいので私の顔の部分は今の映像ではカットしてある。

「もう一度最初から、いえ最初の牢屋の部分だけ見せてください」

ケンヤのリクエストに応えて、最初の部分を再生する。

「ストップ！　少し戻せますか？　そう、そこですそこで一度止めてください」

ケンヤの指示に従い映像を止める。映し出されているのは牢屋越しの映像。そこに赤黒いローブを着てフードを目深に被った人物が映し出されていた。

「この人がどうしたの？」

「いえ、ここをよく見てください。この人物の手の甲にある紋章は、小国家群の元となった大国の国章に見えます」

「へー、ちなみに国が滅んだ理由は？」

「魔物によるスタンピードと聞いていますがあまり詳しくは。アーヴルはどうですか？」

「私も詳しくは調べていませんので何が原因かまでは知りません。崩壊後すぐにいくつもの国に分かれ小国家群が生まれましたね。今でもその国の後継を巡って争っているようです」

「つまり今回のことを起こしたやつらは、その小国家のどれかってことになるのかな」

「そう考えるのが普通でしょうね」

「はぁ、国が絡むなら私にはお手上げかな、この魔石はあげるから二人で好きにしていいよ。その代わりなにかわかったら教えてほしいかな。あの獣人の少女の無念くらいは晴らしてあげたいからね」

「わかりました。これはお預かりしてこちらでも調べてみます。アーヴルには――」

「もう一個作るよ」

新たに魔石を取り出してチョチョイと中身をコピーして二人に渡す。

それぞれが魔石を収納したのを見てから手をパンと叩く。

「それでケンヤ、私は合格でいいのかな？」

「何のことですか？」

「しらばっくれなくてもいいわよ。私に監視をつけていたでしょ？　あの銀髪の男とかそれ以外にも。今日食事に誘ってくれたのはそれの最終確認かなと思って」

「誤魔化(ごまか)しても仕方ないですね。エリーの考えている通り少し調べさせてもらいました。魔女という存在がどういったものかわからなかったので」

「結果は？」

「僕では敵(かな)わないのがわかりました。それとエリーとは気が合いそうなこと。同じ不老持ちなので仲良くしたいですね」

色々と想定していたのだけど、大した理由ではなかったようだ。自分のテリトリーに、魔女なんて謎の生物が来たら気になるのは普通のことだろう。

「そういうわけですから、今後ともよろしくお願いします」

「むしろ私の方がケンヤとは仲良くしたいかな」

「醤油や味噌に米のためですか？」

「わかる？」

「わかりますよ」

二人顔を見合わせて笑う。元の世界は全然違う人生を生きた。この世界に来てからも全く違う道を歩いてきた。お互いに気が合うと思えるのは、同じ世界出身なのと、同じ不老の存在というのも大きいのかもしれない。

「そうだ、二人にはエリクサーを渡しておくよ」

「エリクサーですか？　前回いただいたものがまだ残っていますが」

「僕の方も一滴使っただけですね」

テーブルの上にエリクサーを六本置く。

「小国家群のことを調べるのでしょ？　なら瘴気対策に持っておくといいと思う。瘴気を癒やせるのはこのエリクサーか聖水だけだからね。」

「確かに瘴気対策は必要ですね」

「僕も受け取らせていただきます。そうですね報酬は、調味料一式と米でいいですか？　元々お土産として少し持って帰ってもらうつもりでしたが、こんなものを貰ったからには樽で持っていってください」

「流石ケンヤ、わかっているわね。アーヴルの方はお願いしている素材代にしておいて」

「わかりました。流石にエリクサーとは比べられませんがお言葉に甘えさせてもらいます」

アーヴルとケンヤはお互いに三本ずつ手に取り、自前の収納袋に入れている。

「さてと、それじゃあそろそろ暇しようかな」

「エリー、晩ご飯も食べていきませんか？　醬油や味噌を用意する時間もほしいですし、とっておきを準備していますから」

「とっておき？」

「そう、とっておきです。最近やっと完成に至りました。僕の力、料理を以てしても素材を集める……カレーです」
「多数の香辛料を混ぜ合わせ、僕たちの口に合う味付けを目指し完成した魅惑の料理。その名も
「それほど……、もしかして、あれなの？」
のにずいぶんと苦労しました」

「……」

「カレーライスですよ」

「な、なんだってー！」

「ナンではなく、ちゃんとライスだね」

「ごめん、一度言ってみたかっただけなのよ」

「その気持ちわかります」

こういった、同郷だから通じるなんとも言えないやり取りは楽しい。

「カレーとはそんなに大騒ぎするものなのですか？」

「当たり前じゃない、アーヴルも食べてみたらわかるよ。人生観変わるから」

「そんなにですか」

「ホォホォ」

寝ていたホクトが食べ物の話題が出たことで目を覚ました。

「それでは別室に用意していますから移動しましょうか」

「別室に？」

「エリーを驚かせるためなのと、話をしているところにカレーの匂いがしたら話に集中できなかったでしょう？」

「確かに」

「あとエリクサーの代金としてカレー粉を付けますよ」

「おぉー、やはり神はここにおわした」

「それはもういいですって」

「「あははは」」

ケンヤと二人して笑う。アーヴルとホクトからは呆れた視線が向けられていた。

◆

僕の目の前でカレーを食べている人物。見た目は十代後半にしか見えない少女。僕と同じ異世界からこの世界にやって来た人。

図書館からの報告で彼女の存在を知った。僕がそれらしく書いた日記を読んでいたらしいということで調べ始めた。日記を読めたということで転生者なのかと思っていたけど、後に転移者だと知ることになる。日々集まってくる情報を見る限りでは善性の人物だということは想像できた。

ちょうど冒険者ギルドに用事がありアーヴルの部屋に行った時に偶然遭遇することになったけど、ついつい素性を話してしまっていた。ゆるい見た目に騙されたとも言える。結果として信頼を得られたのは大きかったと今では思う。

その正体が魔の森の魔女とはまた別の魔女なのも驚いたが、スタンピードの時に渡されたエリクサーの存在にも驚かされた。このエリクサー一本で城が建てられるということを知っているのだろうか？　そんなものを何十本も持っていると聞いた時は笑うことしかできなかった。

エリーがこの世界に来てから三百年、そして僕がこの世界に転生してから百年と少し。それなのに日本で僕とエリーが生きていた時代が同時期だというのを知った時は驚いた。エリーの話では三角フラスコのように、入口は小さくても出口が広がっているため、落ちる場所が違うからではということだった。それを聞いて腑に落ちた部分もある。

僕が過去に出会った転生者も、大体同じ時代からこの世界に転生していたからだ。このことを考えると、今後も新しい転生者、もしくは転移者が同じような時代からやってくるのかもしれない。

「あー、もうお腹いっぱい」

「そんなに満足してくれたなら僕も嬉しいですよ」

満足気にお腹を擦っているエリーを見て嬉しくなる。今まで出会った同郷の人たちとはここまで落ち着いて話をしたことはなかった。お互いに警戒をして、敵対する前に分かれるのが常だった。

それなのにエリーとはなぜか気が合った。

「それじゃあ、そろそろお暇させてもらうね。醤油にお味噌とみりんにカレー粉、そして白米。本当にありがとうね」

「こちらこそエリクサーを貰いましたから。それと馬車を外に用意していますので乗っていってください」

「助かるわ。ほらアーヴル帰るわよ」

「ケンヤ、ごちそうになりました。ただカレーは私には合わなかったようで、すみません」

アーヴルはカレーの辛さがだめだったのか、一口食べただけで残してしまった。その残したのはホクトと呼ばれる白いフクロウが食べてしまったのだけど。あの小さな体にどうやったら入るのかすごく気になった。魔女であるエリー以上に謎な存在に思えた。

第十二話 魔女、別れる

「俺が水を入れるからニーナは作ることだけに集中しろ」

「レイトくん、ありがとう」

ニーナはニコリとレイトに笑いかける。緊張しているはずなのにそれを感じさせない。

「素材は私が順番に入れるから」

アデラはそういうと、テーブルに並べられている素材を一つ一つ確認している。

「アデラちゃん、お願いするね」

そんな三人を見守る私とリーディア。

アーヴルに頼んでいた素材が届き、ついにアーシアの声を治すためのポーションを作る時がやって来た。レイトとアデラは少しでもニーナの負担を減らすために手伝いを申し出ている。この三人もずいぶんと仲良くなったものだなと微笑ましく思う。

「師匠、始めます」

「ニーナちゃんなら大丈夫。失敗を恐れずに全力でやりなさい」

「はい！」

かき混ぜ棒をギュッと握り錬金鍋の前に移動する。

「水よ」

レイトが呪文を唱えて錬金鍋に水を入れていく。魔力のこもった水が溜まったところでレイトが水を止めてニーナが錬金鍋をかき混ぜ始める。ニーナのかすかな視線の動きに合わせてアデラが素材を入れていく。暫くの間ニーナが一定の魔力を流しながらかき混ぜ棒で錬金鍋を混ぜる。

アデラがニーナの視線に反応して素材を追加で入れていく。何度かその流れを繰り返し、三時間ほど過ぎたところで最後の素材であるセイレーンの涙をアデラが錬金鍋に入れる。

ニーナの魔力が高まり、その魔力がかき混ぜ棒に注ぎ込まれる。ずっと鍋をかき混ぜていたためかニーナの額に汗が滲んでいる。歯を食いしばり全てを絞り出すようにかき混ぜ棒を動かし続ける。

暫くすると錬金鍋からもくもくと蒸気が立ち上り始める。

「っ！」

呼吸のタイミングを間違えたのか、ニーナは立ち上っていた蒸気を吸い込んでしまったようだ。特に吸い込んでも害はないが、足の力が抜けたのか倒れそうになる。だけどそこへレイトとアデラがニーナの背中に手を添えて支える。三人とも無言で頷き合う。ニーナは体勢を立て直して更に魔力をかき混ぜ棒に流し込み、かき混ぜる速度を上げる。

「昔の私とエリーを見ているようで懐かしいわね」

「そう？　リディと会った頃は錬金術で失敗するようなことはなかったと思うけど」

「逆よ。私がエリーに助けられたのを思い出したのよ」

「そんなこともあったかな？」

「あったのよ」

私とリーディアが見守る中、ついに錬金鍋からボフッという音が鳴り、煙が一つ立ち上った。

それを見てニーナは膝から崩れ落ちその場に座り込んだ。

「できたのか？」

レイトが鍋の中を覗き込もうとするのをアデラが引っ張り止める。

「バカ、ニーナが最初でしょう」

「すまん」

「ニーナ、立てるか？」

「大丈夫。レイトくん、アデラちゃん、支えてくれてありがとう」

額に汗を滲ませながらニーナが二人にお礼を言って立ち上がる。恐る恐る錬金鍋を覗き込み、そこから一本のポーションを取り出す。

「師匠……」

私はニーナに近寄りポーションを確認する。

「うん、大丈夫、ちゃんとできているよ。出来も高品質のものだね。これならアーシアさんの声も確実に治せるよ。よく頑張ったわね」

ニーナの頭を軽く撫でてあげる。ポーションを握るように持ち、泣きそうな表情を浮かべるニーナ。

「泣くのは後に取っておきなさい。本当なら先にお風呂に入ってからの方がいいと思うけど」

ニーナに浄化魔法をかけて衣服と汗をきれいにする。

「そのポーションはこれに入れていきなさい」

ニーナに私が愛用している収納ポシェットの色違いを渡す。

「これって……」

私の収納ポシェットと見比べて恐る恐る受け取る。

「そのポシェットはニーナちゃんが今まで頑張ってきたことに対するプレゼントよ」

「ありがとうございます師匠」

ニーナが抱きついてきたので背中をぽんぽんと優しく叩いてあげる。

「ほら、片付けはやっておくから行っていいわよ」

「はい」

ニーナはポーションをポシェットに入れて、ポシェットを肩からかけるとリーディアに一度頭を下げてから走っていく。

「レイト、アデラ、あなたたちも行ってきなさい。あなたたちもニーナと一緒に作ったのよ。最後まで結果を見届けてくるといいわ」

「俺たちが行ってもいいのかな？」

「私たちが行ってもじゃまになりませんか？」

「ニーナちゃんがそんな子だと思うの？　嬉しいことは分かち合うものよ」

そう言うとレイトとアデラはニーナを追いかけるように走っていった。

「さてと、後片付けをしましょうか」

「私は今のうちにお茶を用意しますね」

「お願いね」

錬金鍋を魔法で洗浄して、かき混ぜ棒も布できれいに拭く。素材の載っていた机もしっかり拭いて掃除は終わり。

「それでエリーはどうして残ったの？　それもわざわざアデラたちを追い出して」

「わかっちゃった？」

「わかりますよ」

お茶を一口飲む。

「今のうちに別れの挨拶をしておこうと思ってね」

「やっぱりそうですか。この街から出ていくのね」

「もうこの街に残る理由もなくなったし、王都で調べたいこともあるからね」

「調べ物ですか？　それはなんですか？」

「昔の賢者が魔女に関する予言を残していたようなのよ。それが書かれている本が王都の図書館にあると聞いてね。あとついでに師匠を探すのもいいかなと思って」

「お師匠さまがついでですか」

「師匠のことだから何か考えがあってのことだろうけどね」

「ホゥホゥ」

「ホクトが絶対見つけるって言っているから付き合ってあげようかと」

「寂しくなるわね」

「そうでもないでしょう。今の貴方(あなた)にはアデラがいるからね」

「確かにそうね。あの子は思った以上に薬師の適性があるわ。育てるのが楽しいわね」

楽しそうに笑っているリーディアを見て、再会した時の暗さがなくなっているのを確認できてホッとした。この様子ならまだまだ長生きしてくれそうに思える。

「それでいつ旅に出るの？」

「明日には」

「急ね」

「いつでも旅立てるように準備だけは済ませていたからね。それでこれをアデラとレイトに渡してあげてほしいのだけどいいかな？」

収納ポシェットから、腰に結ぶタイプの収納袋と本を二冊取り出す。

「エリーから渡してあげた方が喜ぶと思うのだけど。わかりました、私から渡しておきます」

「お願いね。こっちがレイト用の魔術書で、こっちがアデラ用の植物図鑑よ。収納袋は使用者登録も済ませていると言っておいて。赤い結び紐(ひも)の方がアデラで青い結び紐の方がレイトね」

「わかりました。エリー、お元気で」

「リディも長生きしなさいよ」

◆

「よう魔女の嬢ちゃん」

「だから魔女じゃなくて、弟子ですよ」

「はっはっは、どっちでも変わらねーだろ」

リーディアの店を出て冒険者ギルドに向かう途中、最後に屋台に寄ったらこれである。どこかの火龍が盛大に人前で、魔女だと暴露したために屋台街では魔女だの魔女の嬢ちゃんだの、弟子の嬢ちゃんだのと呼ばれるようになった。黒い悪魔よりはマシだし、嫌われたり怖がられたりするよりはいいのだけど、これもこの街から旅に出たいと思う理由の一つになっている。

「どうだい。一杯飲んでみるか？」

屋台のおっちゃんがズイッとお椀(わん)を差し出してくる。値段は銅貨五枚。スープなら大体銅貨三枚以内なことを考えると少し割高かもしれない。銅貨を五枚取り出して渡そうとしたのだけど「お代は飲んでからでいい」と言われた。

渡されたスープには具材がたっぷり入っていた。木製のスプーンでスープを掬(すく)い口に運ぶ。

「あっ、美味(おい)しい。私の好みの味付けだ」

生姜(しょうが)の味が利いていて美味しい。

「あれ？　これって前に値段が上がってもいいから、もうちょっと生姜を入れた方がいいって言ったやつかな？」

「おっ覚えていてくれたか。あの後、嬢ちゃんが言ったように生姜を増やしながら色々と試して、やっと完成したのがそれだ」

「おっちゃん、よかったら鍋ごと買うよ」

「おっそうか、金貨五枚になるがいいのか？」

「金貨五枚ね、はい」

「おっしゃー、黒い魔女に認められたぞー！」

黒い魔女ってなんか進化していない？　黒い悪魔よりはマシなのかな？　そして周りの屋台からはおっちゃんを祝福するように拍手が送られている。いや、もう好きにして。

◆

アーヴルとケンヤには近々ダーナの街から旅に出ることは伝えていた。最後に一言だけ伝えて別れを済ます。アーヴルは寿命が長いし、ケンヤも寿命がないようなものなので、また会いましょう程度の軽い別れになった。ケンヤからは餞別(せんべつ)として色々と貰(もら)ったけどね。

そして宿木亭に戻ってきた。

「エリー、感謝する、ありがとう」

「作ったのはニーナちゃんだから。ニーナちゃんをいっぱい褒めてあげてくださいね」

「それはそうだが、ニーナがここまでやって来られたのはエリーのおかげだ。感謝くらいはさせてくれ」

「まあ私としては才能ある子を弟子にしただけですよ。実際才能だけじゃなくて努力もできる子だし、忍耐力もある最高の弟子です。そしてそんな弟子が頑張った結果が今日に繋(つな)がった、それだけの話。それより二人は？」

「ニーナはアーシアの声が治って気が抜けたのか、大泣きした後そのまま寝ちまった。今はアーシアが寝室で付いている」

「それならちょうどいいかな。後で話があるけどいいですか？」

「晩飯を食ってからでいいか？」

「それでいいですよ」

食堂の椅子に座って考えごとをしているとアーシアがやって来た。

「エリーさん、ニーナのこと、そして私の声のこと、ありがとうございました」

アーシアの声は、その姿にぴったりな、澄んだいい声だった。

「ちゃんと治って良かったたね。大将にも言ったけどニーナちゃんの努力の結果だからニーナちゃんを思う存分褒めてあげればいいですよ」

「それでもニーナのことを含めて感謝していることだけは知っておいてくださいね」

アーシアのその言葉に頷いて返しておく。

「アーシア、ちょうどいい所に。料理を運ぶのを手伝ってくれ」

「はい、あなた」

「あー、その、なんだ。改めてそう呼ばれると照れくさいな」

「そ、そうかしら、ずっとそう呼びたかったのよ」

二人してもじもじ出すとかどこの新婚夫婦だろうか？

「はいはい、ごちそうさまです」

「ホオ」

私の言葉と呆れたようなホクトの声で、二人の世界から戻ってきた大将とアーシア。

話もあるので一緒に食べようということで、大将とアーシアも席につく。ニーナは起こすのはかわいそうということで寝かしたままだ。

「というわけで明日旅に出ます。大将、アーシアさん、今までお世話になりました」

「そうか、エリーも旅に出るか」

「エリーさん、こちらこそお世話になりました」

「エリーまで出ていくと寂しくなるな」

現在、宿木亭の宿泊客は私だけになっている。ガーナたちはどうしたかというと、今回のスタンピードでランクが上がりシルバーランクになった。ただシルバーになったから宿を変えたというわけではない。今回のスタンピードで出た大量の素材、それが王都まで運ばれるということで、それの護衛依頼を受けて旅立っていった。

「それで、これをニーナちゃんに渡してもらえますか？」

収納ポシェットから一冊の本を取り出してテーブルの上に置く。これは錬金術のレシピが書かれている。一部私のオリジナルレシピもあり、中級クラスのレシピは全て載っている。

「自分で渡せばいいだろ」

「直接渡すと泣かれそうな気がしますし、起こしてまでは、ですね。明日は朝一で出るつもりなので」

「わかった、渡しておく」

「それじゃあ、大将、アーシアさん、本当にお世話になりました。明日はそっと出ていくので見送りはなしでいいですよ。部屋の鍵は出ていく前にカウンターに置いておきます」

「そうか、まあ元気でな」

「エリーさん、お元気で、近くに来た時は寄ってくださいね」

「そうさせてもらいます。それじゃあお風呂を借りて寝ちゃいますね」

大将とアーシアとの別れを済まして中庭に出てお風呂に入る。かけ湯をしてからお湯に浸かっているると、目隠しの裏から声をかけられた。

「あの、師匠。一緒に入ってもいいですか？」

どうやらニーナが起きてきて、私がお風呂に入っているのを聞いてやって来たようだ。

「いいよー」

私の返事を聞いて目隠しからニーナが入ってくる。

「ニーナちゃんも慣れたものだね」

「毎日入っていますから」

「そういえば石鹸とか洗髪液は足りている？」

「はい、私も作れますから」

「よしよし、いいこいいこ」

ニーナの頭を撫でると、くすぐったそうにニコニコと笑う。

「うん、ニーナちゃんはもう立派な錬金術師だよ。流石は私の一番弟子だね」

「まだまだです」

体を少し温めた後、ニーナの髪と体を洗う。

「錬金術って面白いでしょ？」

「はい」

「ニーナちゃんにだけ一つ裏技を教えてあげるわ」

「裏技ですか？」

「そう、錬金術って材料を集めるのが大変でしょ？」

「そうですね、治癒のポーションでさえも集めるのは大変です」

「そこで裏技の登場です。材料が少し足りない時は出来上がりを明確に想像しながら魔力を思いっきり注ぎ込めばいいわよ。運が良ければ想像したものを作り出すことができるわ」

「本当ですか？」

「本当よ。ただしこの方法だと十回に一回は爆発するのよね」

「絶対にやめておきます」

「それがいいわね。でももしどうしても必要な時のために覚えておくといいわ」

実際のところ本当に材料がなくても魔力で代用できる。全部ではないが錬金術とは素材の魔力を混ぜ合わせるようなものなので、そこを自分の魔力で補えばいいという話になる。ただニーナに言ったようにたまに爆発する。

「はい洗い終わったよ」

「次は私が師匠の背中を洗いますね」

「そう？　お願いするわ」

「はい」

ニーナに背中を洗ってもらいながら自分でも体を洗う。

「錬金術の才能は、私よりニーナちゃんの方が上だと思う」

「それはきっと師匠の教え方が良かったからですよ」

「そう？　そうだと嬉しいけどね。でも私の師匠の方がうまいと思う。なんてったって年季が違うから」

「年季ですか？」

「そうだよ、師匠は千年以上生きている魔の森の魔女だからね」

「千年ですか、想像ができません」

「まあそうだよね」

私も昔は長寿の種族なんて想像できなかった。まあ百歳くらいならあちらの世界にもいたわけだけど、見た目が若いのに何百年と生きるなんてどうなのかなと思っていた。流石に自分がその立場になるとは思ってもいなかったのだけど、終わりが見えないというのは心に余裕が生まれると知った。最初の百年は長く感じた。次の百年はひたすら修業で他のことを考える余裕すらなかった。そして今は本当に何も感じていない。

「師匠、どうしても街を出るのですか？」

「大将から聞いたの？」

「誰からも聞いていませんよ。なんとなくそんな気がしていました」

「そう。旅に出た理由は大したものじゃないのだけどね」

元々の旅に出た理由が、ぐうたらの魔女なんて称号を付けられたくなかったからとは言えない。

それすらも師匠が言っていただけなので本当かどうかもわからない。ただ師匠が私を旅立たせたのにはなにか意味があるのだろうと今ではそう思っている。

「色々と理由はあるのだけど、一つは知らないことを知るのは楽しいと思えたからかな」

「知らないことを知るのが楽しいですか……。それは少しわかります」

私とニーナは湯船に浸からずに、お湯に足だけ浸けて足湯状態で話を続けている。

「よし、ニーナちゃんにだけ私の秘密を教えておこうかな」

「師匠の秘密ですか？」

「気になる？」

「まあ、師匠ってあまり隠しごととかできそうにないので、それでも秘密にしているとなると気になります」

なんだか褒められているのか貶(けな)されているのか判断に困る。

「えーあーまあいいか、私はね本当は魔女なのよ」

「はい」

「えっとそれだけ？　もしかして知っていた？」

「魔女の弟子だからといって魔女になるわけじゃないからね。そういうことならアーヴルも魔女になっちゃうし師匠の弟子は百人以上いるから、全員が魔女になってしまうわ」

「確かにそうですね。魔女ってもしかして少ないのですか？」

「今この世界には私を含めて五人しかいないのよ」

「その一人が師匠ですか、すごいですね」

「本当はあまりすごいとは思っていないでしょ」

「あはは、そうですね、なんて言いますか師匠は師匠なので」

ニーナは困った時の大将のように頭を掻いている。

「一応このことは秘密ね」

「はいわかりました、二人の秘密ですね」

「それじゃあ、もう一度温まってから出ましょうか」

「はい」

再び湯船に肩まで浸かりダーナの街での最後のお風呂を堪能した。

エピローグ

朝、宿を出る前に大将から朝食代わりと言ってお弁当を渡された。ニーナは朝早くから出かけているということで、大将とアーシアに改めて挨拶をして南門へ向かうことにする。最後にニーナと別れの挨拶をしたかったのだけどいないのなら仕方がない。南門から乗合馬車を使って移動するつもりでいる。空を飛んでいけば早いのだけど、急ぐ旅でもないので馬車を使ってみることにした。

南門にたどり着くとリーディアに話を聞いたのかアデラとレイトが来ていた。

「「エリー姉さん、お世話になりました」」

「二人ともわざわざ見送りありがとうね。レイト、魔術のことは大将、ニーナちゃんの父親にお願いしておいたから行き詰まったら相談するといいわ」

「わかりました。それとこの収納袋もありがとうございます。魔術書も大事にします」

レイトが頭を下げてくる。

「アデラはリディのことよろしくね」

「はい。それと袋と植物図鑑ありがとうございます」

アデラもレイトに合わせるように頭を下げてくる。リーディアのおかげか、アデラに合わせるためか、レイトも出会った頃より礼儀正しくなっている。

「ホクトも元気でな」

「ホゥホゥホォ」

ホクトは杖（つえ）に止まったままバサバサと羽ばたき挨拶を返している。

「師匠――」

遠くから私のことを呼ぶ声が聞こえる。そちらの方へ視線を向けると、ニーナが走り寄ってくるのが見えた。急いできたのか、はぁはぁと息を切らしている。

「ニーナちゃん、来てくれたのね」

「師匠、遅くなってごめんなさい。これを作っていました」

そう言ってニーナが一本のポーションを差し出してくる。

「これは中級のポーションね。よく作れたわね」

どうやら朝早くから出かけていたのは、このポーションを作るためだったようだ。

「ありがとうニーナちゃん」

私はそう言ってニーナの頭を優しく撫でる。

「師匠、くすぐったいですよ」

ニーナはくすくすと笑っている。

暫（しばら）くニーナの頭を撫でていると、遠くから鐘の鳴る音が聞こえてきた。それと合わせるように門が開くという兵士の声が聞こえてくる。

「それじゃあ行くわね。三人とも元気で、また会いましょう」

「師匠も元気でいてくださいね」

「「エリー姉さんもお元気で」」

三人と別れを済ませて幌馬車に乗り込む。事前にホクトも大丈夫か聞いているのでホクトも一緒に乗り込んでいる。料金は二人分かかるけど仕方がない。暫くすると馬車が動き出す。正直に言うと乗り心地はあまり良くない。これなら歩いた方がいいかもしれないと思っていると、どこからか、私を呼ぶ声が聞こえた気がした。

「ししょー」

気のせいではないようだ。幌馬車の後ろまで移動して声の聞こえてきた辺りを見てみると、城壁の上にニーナがいるのが見えた。

「ししょー、ぜったいにあいにきてくださいねー。それまでわたしれんきんじゅつをつづけますまっていますからー」

ニーナに向かって大きく手を振ると、ニーナも手を振り返してくれる。私もニーナもお互いの姿が見えなくなるまで手を振り続けた。次に会うのは何年後になるだろうか。五年後か十年後か、はたまた二十年後かもしれない。その頃には皆が相応に歳を取っていることだろう。

成長した皆の姿を想像しながら、大将に渡されたお弁当を朝ご飯として食べる。

再会した時ニーナやアデラにレイトはどう成長しているのだろうか。別れるのは寂しいけど再会した時のことを考えると、今から楽しみでもある。

「あっ、ホクト、それ私が食べようと思っていたのに」

「ホゥホゥ」

こうして私の旅が再び始まりを迎えた。

新米魔女の異世界お気楽旅

A NEW WITCH'S EASYGOING JOURNEY THROUGH ISEKAI

～異世界に落ちた元アラフォー社畜は
魔女の弟子を名乗り第二の人生を謳歌する～

新米魔女の異世界お気楽旅 ～異世界に落ちた元アラフォー社畜は魔女の弟子を名乗り第二の人生を謳歌する～ 1

2025年3月25日　初版発行

著者　三毛猫みゃー
発行者　山下直久
発行　株式会社KADOKAWA
〒102-8177　東京都千代田区富士見2-13-3
0570-002-301（ナビダイヤル）
印刷　株式会社広済堂ネクスト
製本　株式会社広済堂ネクスト

ISBN 978-4-04-684017-2 C0093　Printed in JAPAN

©MikenekoMya 2025

●本書の無断複製（コピー、スキャン、デジタル化等）並びに無断複製物の譲渡および配信は、著作権法上での例外を除き禁じられています。また、本書を代行業者等の第三者に依頼して複製する行為は、たとえ個人や家庭内での利用であっても一切認められておりません。
●定価はカバーに表示してあります。
●お問い合わせ
https://www.kadokawa.co.jp/（「お問い合わせ」へお進みください）
※内容によっては、お答えできない場合があります。
※サポートは日本国内のみとさせていただきます。
※ Japanese text only

担当編集　永井由布子
ブックデザイン　世古口敦志+薄井大地（coil）
デザインフォーマット　AFTERGLOW
イラスト　ハレのちハレタ

本書は、カクヨムに掲載された「異世界に落ちた元アラフォー社畜は魔女となり魔女の弟子を名乗る」を加筆修正したものです。
この作品はフィクションです。実在の人物・団体・事件・地名・名称等とは一切関係ありません。

ファンレター、作品のご感想をお待ちしています

宛先
〒102-8177　東京都千代田区富士見2-13-3
株式会社 KADOKAWA　MFブックス編集部気付
「三毛猫みゃー先生」係「ハレのちハレタ先生」係

https://kdq.jp/mfb

二次元コードまたはURLをご利用の上
右記のパスワードを入力してアンケートにご協力ください。

パスワード
dh3vs

● PC・スマートフォンにも対応しております（一部対応していない機種もございます）。
●アンケートにご協力頂きますと、作者書き下ろしの「こぼれ話」がWEBで読めます。
●サイトにアクセスする際や、登録・メール送信時にかかる通信費はご負担ください。
● 2025年3月時点の情報です。やむを得ない事情により公開を中断・終了する場合があります。

KADOKAWA運営のWeb小説サイト

イラスト:Hiten

「」カクヨム

01 - WRITING

作品を投稿する

誰でも思いのまま小説が書けます。

投稿フォームはシンプル。作者がストレスを感じることなく執筆・公開ができます。書籍化を目指すコンテストも多く開催されています。作家デビューへの近道はここ!

作品投稿で広告収入を得ることができます。

作品を投稿してプログラムに参加するだけで、広告で得た収益がユーザーに分配されます。貯まったリワードは現金振込で受け取れます。人気作品になれば高収入も実現可能!

02 - READING

おもしろい小説と出会う

アニメ化・ドラマ化された人気タイトルをはじめ、
あなたにピッタリの作品が見つかります!

様々なジャンルの投稿作品から、自分の好みにあった小説を探すことができます。スマホでもPCでも、いつでも好きな時間・場所で小説が読めます。

KADOKAWAの新作タイトル・人気作品も多数掲載!

有名作家の連載や新刊の試し読み、人気作品の期間限定無料公開などが盛りだくさん!
角川文庫やライトノベルなど、KADOKAWAがおくる人気コンテンツを楽しめます。

最新情報は
𝕏 @kaku_yomu
をフォロー!

または「カクヨム」で検索

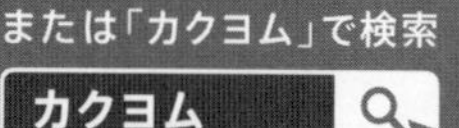

著：ももぱぱ
イラスト：むに

苔から始まる異世界ライフ

転生先は苔!?

上限までレベルアップすれば別種族に進化可能！
間違って苔に転生してしまったひかるは、
スローライフを送れるほどに強くなれるのか!?
種族を超えて強くなる異世界進化ファンタジー！

元オッサン、チープな魔法でしぶとく生き残る
～大人の知恵で異世界を謳歌する～

頼北佳史
Raiho Yoshifumi
イラスト：へいろー

俺の能力、しょっぱすぎ？

――元オッサン、魔法戦士として異世界へ！

Story

死に際しとある呪文を唱えたことで、
魔法戦士として異世界転移した元オッサン、ライホー。
だが手にした魔法はチートならぬチープなものだった！
それでも得意の話術や知恵を駆使して冒険者としての一歩を踏み出す。

MFブックス新シリーズ発売中!!

アンケートに答えて 著者書き下ろし「こぼれ話」を読もう！

「こぼれ話」の内容は、
あとがきだったり
ショートストーリーだったり、
タイトルによってさまざまです。
読んでみてのお楽しみ！

よりよい本作りのため、
読者の皆様のご意見を参考にさせて頂きたく、
アンケートを実施しております。

奥付掲載の二次元コード（またはURL）にお手持ちの端末でアクセス。

奥付掲載のパスワードを入力すると、アンケートページが開きます。

⬇

アンケートにご協力頂きますと、著者書き下ろしの「こぼれ話」がWEBで読めます。

- PC・スマートフォンに対応しております（一部対応していない機種もございます）。
- サイトにアクセスする際や、登録・メール送信時にかかる通信費はご負担ください。
- やむを得ない事情により公開を中断・終了する場合があります。

オトナのエンターテインメントノベル MFブックス 毎月25日発売